領怪神犯3

木古おうみ

角川文庫
24142

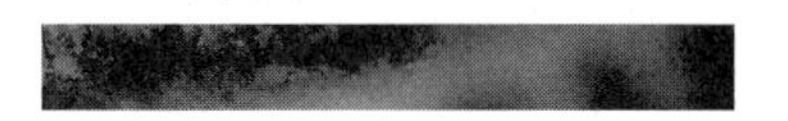

CONTENTS

Presented by
Oumi Kifuru

間章

領怪神犯特別調査課は公的には存在しない機関だ。

会議や報告のための場所すらなく、調査員たちは書類上任意の部署に所属していることになっているか、公務員としての肩書きすら秘匿されている者もいる。

どこからともなく集う、得体の知れない彼らを、一般の職員は「幽霊」と呼ぶこともあった。

幽霊たちは今、唯一存在を許された特別機密用の書庫に集っていた。

書庫に満ちる沈黙を破ったのは、中央に立つ切間だった。

「先日の調査でも、知られずの神に対する有力な情報は得られなかった」

片岸と宮木は無言で目を伏せる。対照的に、六原が切間に一瞥を返した。

「睨むな、六原。ふたりを責めている訳じゃない。誰を送っても同じ結果だったからな」

「睨んだことはありません」

切間は僅かに肩を竦めて続けた。

「特別調査課の指針は『記録』。それが唯一にして全てだ。他の領怪神犯に対しては、被害を軽減するための対策を取れるかはともかく、記録だけは確実に行ってきた。しかし、知られずの神に対してはそれすらできていない」

切間は膨大な記録が並ぶ書庫に視線をやり、静かに言った。

「この現状を打開し、民間の失踪者の捜索並びに神の究明に踏み切るため、今までとは調査の体制を変える。今までは現地に赴かなかった我々も協力して大々的な調査を行う。梅村、江里、創設期から所属するお前たちには率先して実地調査に出てもらう」

梅村は声に出して同意し、江里は僅かに首肯を返した。

「六原、お前もだ」

「承知しました」

六原は感情の読み取れない顔で頷いた。

「これは特別調査課の威信をかけた戦いになる。心して当たれ」

書庫に切間の声が反響した。


書庫を出て喫煙所まで来た片岸は、全身にまとわりつく重い空気を払うように大きく息をついた。傍の宮木が笑う。

「ひどい顔ですね、片岸さん」

「ひどい面にもなるだろ」

「でも、奥さんを捜すためにはいい風向きじゃないですか？」

「それはそうだが……あの六原さんと仕事する羽目になるんだぞ。いっそ領怪神犯がチームに組み込まれた方がまだマシだ……」

煙草に火をつけた片岸の背に、どこか機械じみた無機質な女の声が降りかかった。

「悪いことは言わない方がいいですよ。本当になるから」

片岸と宮木は同時に振り返る。真後ろに見たことのない女が立っていた。

スーツを纏い、長髪をひとつに纏めた彼女は、肌の色も髪の色も薄く、どこか輪郭が朧げな印象を与えた。

「失礼、自己紹介がまだでした。この度特別調査課に配属されました、穐津と申します。ご指導ご鞭撻のほどよろしくお願いします」

穐津と名乗った女が慇懃に一礼する。片岸は苦笑した。

「こんな時期に配属されるなんて運がないな」

「ここに配属された時点で運には期待しないものでしょう」

「とんでもない新人だ。悪運には頼っとけ。それが命綱だからな」

穐津は口角を上げて義務的な笑みを作ると、宮木に向き直った。

「宮木さんもどうぞよろしく」

「あ、こちらこそ……私のことを知ってるんですか？」

「勿論。だって、私は宮木さんと同じところから配属されましたから。私の方が少し先輩だったけれど、こっちでは逆ですね」

「そうでしたか。ええと……」

穐津は困惑する宮木に手を差し伸べる。握手に応じると、穐津は宮木の手首を摑んで引き寄せた。

「私は貴女のお仲間だよ。本当の意味で」

宮木が息を吞む。穐津はまた口角を上げると、そっと手を離した。

「それではまた、現場で」

冷たく響く声を残し、彼女は踵を返して去っていった。

呆然とする宮木と気遣わしげに彼女を見る片岸だけが残される。

背後の窓ガラスには、何年も変わらない東京の街が広がっていた。

まどろむ神

RYOU-KAI-SHIN-PAN

There are incomprehensible
gods in this world who cannot be called
good or evil.

序

走馬灯とかお告げとか、そういうのとも違うんだよな。

悪い夢、良くない言い方だけど、それが一番近い。

子どもの頃、死んだ祖父(じい)さんから言われてたんだ。

もしも、村を歩いているとき、何処かの壁にいつもはないような小窓があったら絶対に覗(のぞ)いちゃいけないって。

それから、誰か近しいひとが死んだとき、山の奥の神社にはしばらく近寄るな。間違っても死んだひとのことを考えてお祈りしたら駄目だってな。

変な話だろ。

親からも祖父さんの言うことは話半分で聞いておけって言われたよ。祖父さんは戦争帰りで、南方で心をやられちまったんだと。

無口で気難しいから周りは持て余してたが、俺にとっては何かとうるさい親戚(しんせき)衆よりもいい祖父さんだった。

村の祭りに出たくないときは、仮病を使って祖父さんの部屋で夜中まで過ごしたもんだ。

　そうだ、祖父さんが疎まれてたのは性格のことだけじゃない。みんなが大事にしてる村の神様を蔑ろにしたからだ。俺がさっき、神様のやることを悪夢みたいだって言ったのは、祖父さんの受け売りなんだ。

　うちのは神様って言っても、縁結びとか厄除けとかわかりやすい功徳のあるもんじゃないんだ。人間がずっと心のどこかにしまってる後悔や忘れられないものに、もう一度会わせてくれる、っていえばいいのか。

　神様に関するちゃんとした文献なんかはないが、いくつか昔話があってな。

　それに出てくるのは皆、兄弟や伴侶とか大事なひとを亡くした人間だった。

　祖母さんから聞いた話では、まだ五つにもならない娘を失った母親だったな。川で我が子を亡くした女は、飯も食わずに幽鬼みたいになって、毎晩御百度参りをして娘を返してくれと頼んだそうだ。

　そうしたら、九十九日目の夜、神社の壁にそれまでなかった窓が、ぽっかり開いていたそうだ。

　竹の格子付きの丸窓だと。

　女が不思議に思って覗き込むと、信じられないことに窓の向こうに川が流れてた。夏の昼間の眩しいくらいの川だ。

　女が狐に化かされたと思って逃げようとしたとき、川の岸辺に娘が立っていたそうだ。

死んだ日と同じ着物で、死んだときと同じように川を泳ぐ鮎を眺めていたらしい。女は我を忘れて、「危ない」と叫んで、窓に飛び込んだ。

それから、女は消えてしまった。

だが、村人が川の前を通ると、大きくなった娘と一緒に幸せそうに歩く女の姿が水面に映ることがある。

そういう話だ。

祖父さんが言うには、あんなもん全部嘘っぱちだと。

そういうとき、祖父さんは決まって呆れるでも嘲るでもなく、苦しそうな顔をした。

あれは祖父さんが死ぬ一ヶ月ほど前、俺が祖父さんに付き合って病院に行った帰りだった。

途中の駄菓子屋でソーダ味のアイスキャンディーを買ってもらって、ふたりで舌を真っ青にして歩いてた。珍しく祖父さんが笑ってたからよく覚えてる。

家の近くの角を曲がったとき、祖父さんの顔が舌ベロより真っ青になった。

具合が悪くなったかと思って慌てて近づいたが、祖父さんは壁を見つめたまま動かなかった。

アイスが棒からボトッと落ちて、アスファルトの上で溶けた。

祖父さんが睨みつけてる壁に丸っこい窓が開いてたんだ。

信じられなかった。窓の向こうに見えてるのはどう考えても日本じゃない、赤道に近いところにあるような木々が生えた鬱蒼とした密林だった。

暑い日だったが、それとは比べ物にならないくらいの熱気が窓の中から流れてきたのを覚えてる。

その内、窓の向こうを泥と垢で汚れた茶色の服を着た若い男たちが横切った。

祖父さんは首を絞められたみたいにうっと呻いて、俺の腕を掴んで一気に駆け出した。

俺は祖父さんの顔が怖くて、下を向いたまま祖父さんに引き摺られていった。

ゼエゼエ息を切らして家に駆け込んだとき、玄関まで迎えに来た祖母さんがあまりの形相に泡を食ったのを覚えてる。

祖父さんは俺に「今見たものの話はするな」と言ったが、そもそも俺にはあれが何なのかわからなかった。

それから、祖父さんが死んで何年か経った頃、学校で戦争の体験談を聞かせる講演会みたいなものが開かれたんだ。

そのとき配られた資料を見てやっとわかった。窓の向こうに見えたのは、祖父さんが若い頃行ったっていう南方の戦線で、あの服は日本軍の兵士だって。

あのとき、祖父さんが窓の向こうに飛び込んでいっちまったら、どうなってたんだろうな。

一

どんな相手にも礼節を忘れずに。

私の「礼（れい）」という名前に込められた願いは、領怪神犯と向き合う上でも役に立っている。

善神であれ、悪神であれ、神は人間の願いから生まれるものだ。先入観を持たずに見極めることが重要だ。

今は気に入っているこの名前も、昔は嫌いだった。男の子のようだし、名前のせいで小学生の頃、幽霊みたいだと揶揄（からか）われたこともある。

今の私が幽霊より理解不能な存在に関わっていると知ったら、あの頃の同級生は何と言うだろう。

ただひとつ思い出せないことがある。私にこの名を付けてくれたのは誰なのか。母でも祖父でもない。昔、切間さんに聞いたら、彼は俯（うつむ）いて「お前の親父だ」と言った。

私が生まれる前に失踪（しっそう）した父の話をするとき、切間さんはいつも痛みを堪（こら）えるような辛（つら）そうな顔をする。そのとき、私も胸の奥を木のスプーンで抉（えぐ）られたような鈍い痛みを感じる。

私は大切な何かを忘れている。それが何なのか思い出せない。

＊＊＊

春も程近いのに寒々しく荒涼とした枯れ山が目の前にあった。

バスから降りた私たちを冷たい風と土の匂いが包む。日は既に高くなっている。腕時計は十二時半を指していた。

私は背後のふたりに向き直って言う。

「何とか明るいうちに辿(たど)り着けてよかったですね！」

片岸さんは早速煙草に火をつけてかぶりを振った。

「本当は早朝に着いてるはずだったんだがな……」

「すみません。新幹線のチケットを取り違えていました」

傍の穐津が淡々と答えた。機械のように無機質な声だった。片岸さんは苦々しい表情を浮かべる。

「いや、新人に任せきりにした俺が悪い。宮木、村はこの先で合ってるよな？」

「はい、資料によるとこの道路を真っ直ぐ行ったところですね」

片岸さんは小さく手招きした。私が近寄ると、彼は声量を落として言う。

「悪いが、穐津の面倒見てやってくれよ」

「新人教育は年長者の仕事だって切間さんに言われてたじゃないですか」

「わかってるけどな。ああいうタイプは難しいんだよ。お前の方が人当たりがいいだろ」

片岸さんは咥え煙草のまま、さっさと歩き出した。

私が大股で追いかけると、いつの間にか穐津が隣に並んでいた。

「片岸さんに嫌われたかな」

私は慌てて手を振る。

「大丈夫ですよ！　片岸さんは根は優しいですから、一回のミスで責めたりしません」

「でも、一度も目を合わせずに行っちゃった」

私は苦笑いを浮かべた。

「新人さん相手で緊張してるのかもしれませんね。穐津さんも笑顔で話してあげるといいかもしれません」

「笑うの、苦手なんだ……」

私は肩を落とす穐津の横顔と、片岸さんの背を見比べる。穐津は表情が読み取りにくいし、片岸さんは無愛想で誤解されがちだ。

このふたりの間に挟まれると苦労するかもしれない。

私は冷たい風を下ろす無彩色の山を見上げた。


道を進んでいると、先頭を歩く片岸さんが呟いた。

「今回の領怪神犯は『まどろむ神』だったか」

「そうですね。和風の家屋にあるような丸窓の形をした神だそうです」

「丸窓だからまどろむ、か。駄洒落だな」

「それもありますが、夢を見せる性質もあるようです。近しいひとが亡くなった人間に、故人が生きていた頃の姿を見せて試すような神だと記録にありました」

「……性格の悪い神だな」

そう吐き捨てる唇から紫煙が漏れた。その窓に失踪中の奥さんの姿が現れたら、と想像したのかもしれない。

私は小走りに歩み寄った。

「でも、いい神様かもしれませんよ！　言い伝えによると、娘さんを亡くした母親がまどろむ神のお陰で再会できたって話もありましたし」

「都合のいい作り話だろ」

「それも有り得ます」

最後尾を歩く穐津が唐突に切り込む。彼女は印刷機から大量の紙が溢れるように話し出した。

「まどろむ神の初出は天保二年。その記録では、単に丸窓が現れ、死者の白昼夢を見せたとだけ書かれていました。その他、慶長四年、大正十年にもまどろむ神と見られる記録がありますが、どれも同様です。死者との再会に関しての記録が見られるのは昭和に入ってからです。どこかで神の在り方が変質したか、記録者の意思が介在した恐れがあります」

穐津は早口で言い切ってから、呆然とする私と片岸さんを見て咳払いした。

「失礼……」

「謝ることないですよ。穐津さん、すごいじゃないですか！」

「お前、あの資料を短時間で全部覚えたのか？」

「記憶力には自信があるので。私のような社会不適合者が公務員として働けているのはこれがあるからです」

片岸さんは引き返して穐津の肩を叩いた。

「気にするな。うちはお前より遥かに社会不適合な奴が重役を務めてるんだ」

「それは六原さんのことですか」

「はっきり言うなよ。出たらどうする」

声を潜めて言う片岸さんに、私は眉を下げた。

「妖怪じゃないんですから」

先程より三人の距離を詰めて再び歩き出すと、道の左右に民家が現れ始めた。

どれも石垣と瓦屋根がある古風な家屋だ。

猪避けの柵で区切られた敷地には、各々で小さな畑を有しているらしい。

作物はなく、溶けかけた霜が土を押し上げている。色褪せて紫色になった木々が辺りを囲んで、目の前の光景を暗い色調のパステル画のように見せていた。

ある家の生垣から人影が覗いていた。

「やっと住民に会えそうですね。声をかけてみましょうか」

私は砂利だらけの小道を越えて、生垣に歩み寄る。プラスティックのような光沢の葉の間から毛髪が見え隠れした。

「すみません、東京から……」

声をかけてから、私は後退った。生垣の向こうにいる人間の顔が異常なほど白かったからだ。真っ白な顔には凹凸がなく、古い布のような皺が寄っている。

「案山子だね」

私の隣に並んだ亀津が言った。片岸さんが小さく吹き出す声が聞こえた。

「すみません、早とちりでした……」

私は赤くなった頰を摩って身を引いた。

「でも、何でこんなところに案山子があるんでしょう。普通、畑に置きますよね」

「そうだね。それに少し変」

亀津は首を伸ばして生垣の中を見た。私より頭ひとつ背の高い彼女からは庭がよく見えるらしい。

「女のひとのワンピースを着せてるし、髪の毛もちゃんとしたかつらを使ってる。まるで人間に見せかけてるみたい」

「案山子というよりマネキンに近いですね」

私と亀津は片岸さんの方に引き返した。

揶揄(からか)いのひとつでも投げてくるかと思ったが、片岸さんは真顔だった。

「どうしたんですか？」

「宮木、あれ見ろ……」

彼は張り詰めた表情で民家を指した。

色褪せた生垣の中央に刳(く)り貫(ぬ)いたような穴が開いている。

あるはずのない、古い寺院や旅館の廊下にあるような丸窓がそこにあった。

窓枠は所々漆の塗装が剝(は)げ、竹で編まれた格子が等間隔で並んでいる。さっきまでなかったはずのものが急に出現した。

それだけじゃない。生垣に穴を開けたなら庭と家が見えるはずなのに、格子の向こうに覗いているのはビル街だ。

ビルの窓ガラスは強烈な日光を反射して曇っている。陽炎(かげろう)がゆらめき立つほどの炎天下だと思った。

私と片岸さんが呆気(あっけ)に取られていると、ガラリと引き戸が開いて、家から中年の男性が現れた。見知らぬ人物が三人も集まって家を覗いていたから不審に思ったのだろう。

私は慌てて会釈する。

男性は睥睨するような目付きで私たちを見下ろしたが、ふと生垣にあるものを見留めて青ざめた。彼は目を背けて、マネキン人形のような案山子に視線をやった。

中年男性の乾いた唇が動いた。

「何も見てない。ただの案山子だ。あいつはもう死んでる、死んでるんだ……」

譫言のように呟いて、彼は再び引き戸の中に消えた。

風の冷たさに我に返る。丸窓はもうなくなっていた。

片岸さんが頬を引き攣らせた。

「宮木、見たよな？」

「はい……」

私は頷くことしかできなかった。村を訪れてすぐ神に遭遇するなんて今までほとんどなかった。

片岸さんはまだ生垣の前に佇んでいる穐津に声をかける。

「お前も見たか？」

穐津はロボットのように首だけを動かした。

「ええ、見ました。あの丸窓の中に女性がいましたね。案山子と同じ髪型と服だった」

私と片岸さんは顔を見合わせる。

「そこまでは見えなかったな……」

「彼の妻か娘かわかりませんが、あそこに案山子を置いていた理由が推測できました。

まどろむ神が出現して彼女の幻覚を見せたとしても、庭の案山子が見えただけだと自分に言い聞かせるためでしょう」

穐津は踵(きびす)を返して私たちの許(もと)に来た。

「行きましょう。早く調べないと厄介なことになるかもしれません」

彼女の色素の薄い瞳(ひとみ)が、私の硬直した顔を映していた。

二

しばらく進むと、民家や商店などが増え始めた。

トタン屋根の駄菓子屋の前にはベンチが置かれ、ガラス窓にはアイスクリームとビールのポスターが貼られたままになっている。

道の両端には蜜柑(みかん)の無人販売や、ポンプ式の井戸、古い三輪車などが点在していた。

片岸さんが辺りを見回して呟(つぶや)く。

「よくあることだが、一見しただけじゃ長閑(のどか)な田舎だな」

「目立った異変はありませんね。先程の丸窓も現れません」

穐津は無言のまま家々の生垣を見つめていた。

漆喰(しっくい)塗りの壁の角を曲がったとき、ちょうど住民らしき初老の女性が現れた。エプロンの裾(すそ)に採ったばかりの金柑(きんかん)を溜(た)めた、ひとのよさそうな女性だった。

片岸さんが私の肩を叩く。

「宮木、頼んだ」

「またですか。新人さんも来たんですし、片岸さんも聞き込みに慣れなきゃ駄目ですよ」

「よし、穐津も一緒に行って来い。先輩に手本を見せてもらえ」

片岸さんは穐津を押し出して知らん顔をする。私は半ば呆(あき)れつつ、女性に声をかけた。

「すみません、東京から取材に来た者ですが今お時間よろしいでしょうか？」

女性は一瞬警戒したが、私が有名新聞社の名前を挙げるとすぐに顔を綻(ほころ)ばせた。

「あら、こんな何もないところに遥々(はるばる)ご苦労様。何の取材？」

私は心底申し訳なさそうな顔を作る。

「それが、まだ新人なので少々話題作りに特化した記事を書かされていまして……ご迷惑でないといいんですが」

「若いうちは仕方ないわよ。息子も鳶職(とびしょく)だけど親方に散々無茶言われててね……」

「お気遣いありがとうございます」

私は一拍置いて切り出す。

「この村には昔から不思議な現象が起こると聞きました。亡くなった方の姿が見える丸窓が出現するとか」

女性は事もなげに頷いた。

「余所(よそ)のひとには信じられないかもしれないけど、ここら辺じゃ皆知ってる話よ」

「では、お姉さんも見たことが？」

「やだ、お姉さんだなんて。ごめんね、私はないのよ。でも、怖いものじゃないわよ。あれは近しいひとを亡くして悲しんでるひとに、神様がちょっとだけ夢を見せてくれるようなものだから」

私は努めて真剣にメモを取るふりをした。

「……窓の向こうに消えたひとがいるという話もありますが、向こうに行くと、どうなるんでしょうね」

「さあねえ、子どもの頃聞いた話では亡くなった方に会えるって言うけど、中に入るなんてちょっと勇気が出ないわよね」

話を終えて礼を言うと、女性は金柑を磨きながら戻っていった。

離れた場所にいた片岸さんがやってきて、徐に稙津に言う。

「宮木先輩の口八丁は勉強になっただろ」

私は眉だけ怒った形にして「失礼な」と詰る。

稙津は相変わらず無言だったが、急にしゃがみ込んで地面の土を指で抉った。

「何してるんですか、稙津さん？」

「やっぱり変……」

稙津は立ち上がり、指が汚れるのも構わず摘んだ土を揉んだ。

「ここの土は乾いてパラパラの単粒構造だ。植物を植えるのに向いていないのに辺りに生垣が多すぎます」

唐突な言葉に、私と片岸さんは困惑する。何も返せずにいると、低い声が響いた。

「壁代わりだよ。壁そのものがなきゃ窓が出ないと思ってるんだよ」

声の方を振り返ると、痩せた男性が佇んでいた。まだ若いが、目の下が落ち窪み、憔悴しきった印象だった。男性は私たちに近づくなり吐き捨てた。

「馬鹿な話だ。壁だろうが生垣だろうが、〝あれ〟はお構いなしに出てくるのにな」

「ええと、あれと言うのは……」

「さっきあんたらが取材してた丸窓だよ」

男性は煙草のヤニで黄ばんだ歯を見せる。

「あれが神だって？　冗談じゃない。まともな奴は皆警戒してる。壁を壊して生垣に作り直すくらいにはな」

私は唾を飲み込み、男性を見据えた。

「詳しくお話伺えますか」

興地と名乗った男性は、私たちを連れて駄菓子屋の前に来ると、色褪せたベンチに腰を下ろした。

「昔、祖父さんとよくこの駄菓子屋に来たんだ」

興地は独り言のように言った。私は彼の斜め横に立つ。ベンチの背もたれに触れると、死人の肌のように冷たかった。

「祖父さんは戦争帰りでな。その頃の話はほとんど聞かなかったが……」

稲津が口を挟んだ。

「戦争とは第二次ですか、第三次ですか」

彼女が冗談を言うとは思わなかった。しかもこんなときに。興地は怪訝な顔をし、片岸さんは呆れたように首を振った。

「宮木といい、最近それ流行ってんのか」

「何故私の名前が出るんですか」

「お前もたまに言うだろ」

全く身に覚えがない。

「誰かと勘違いしてませんか？」

稲津は傷ついたような、諦めたような表情を浮かべた。

興地が苛立ち混じりに腰を浮かせる。

「聞く気がないなら帰る」

私は慌てて取り成した。

「すみません、続けてください」

彼は溜息をついて煙草を取り出した。煙と共に言葉が漏れる。

「祖父さんが死ぬ直前、あの丸窓が現れたんだ。俺も見た。窓の向こうに日本軍の軍服と南国の林が見えた。たぶん、祖父さんの戦友だったんだろう」

「お祖父様はそのとき……」

「真っ青になって俺を連れて駆け出したよ。俺も一目でよくないもんだってわかった」

それまで黙っていた片岸さんが口を開いた。

「お祖父さんが丸窓を見たのはそのときが初めてだったんですか」

「どうだか。少なくともそれまで話は聞いたことないが、見る前からあれを警戒してた。誰か近しいひとが死んだとき、山の奥の神社にはしばらく近寄るなとも言われたな」

「理由に心当たりは？　終戦後から頻繁に丸窓が出現するようになったと聞きましたが、同じ体験をした帰還兵仲間から悪い話を聞いたとか」

「……ないな。昔は他にも帰還兵はいたらしいが、皆祖父さんより早く死んだ。村人はそれについて語りたがらないから、何かよくないことがあったのかもな。とにかく……俺が生まれた頃には祖父さんだけだった」

片岸さんは自分の乾燥した唇に触ってから興地を見た。

「興地さん、貴方(あなた)が丸窓を警戒してる理由はお祖父さんから聞いたからだけじゃありませんね」

興地は虚を衝(つ)かれたように黙り込み、そして、俯(うつむ)いた。

「……そうだよ、赤ん坊がいたんだ。もう四年前に死んだけどな」

「誰に？」

「俺と嫁の間にだよ」

私は少し驚いた。彼のどこか退廃的な印象と家庭のイメージが結びつかなかったからだ。

「やっとつかまり立ちができるようになった頃だった。俺は仕事行ってて、嫁は昼寝してた。浴槽に水を溜めたままで風呂の蓋は開けっ放しだった。普段はそんなことしないのに。疲れてたんだろうな。赤ん坊はそこにつかまり立ちでよじ登ってそのまま落っこちた。職場から帰ったら家の前に救急車が停まってて……間に合わなかった」

興地は短くなった煙草のフィルターを噛む。

「嫁は自分のせいだって寝ないし飯も食わなくなっちまって、いっそ心中でもするかなんて思ってたよ。でも、半月後、久しぶりに嫁が笑ったと思ったら『窓を見た』って」

「その向こうにお子さんが？」

「ああ、浴槽に落ちて溺れる直前の姿が見えたって。『助けに行かなくちゃ』ってそればっかり言ってて……俺はもう疲れたよ」

興地は吸殻を足元に捨てて踏み躙った。

「取材でも何でもいいけどな。俺と嫁さんが駄目になっちまう前にあれが何なのか暴いてくれよ……ああ、煙草が切れた」

興地は背を向けて駄菓子屋に入っていった。彼の背が店先で揺れるのぼりの陰に隠れて見えなくなる。

片岸さんが呟く。

「神は理解不能なもんだとわかっちゃいるが、それにしても、まどろむ神は何をしたいのか全くわからねえな」

「死者と再会させたり、やり直す機会を与えたりしているなら好意的にも捉えられますが、窓の向こうに行ったらどうなるか誰も知らないのは不自然ですよね」

潰れた吸殻を見つめていた穐津が言った。

「……人間、忘れたまま幸せに生きられるならそれで充分です。わざわざ掘り返して思い出させようとするものなんて、ろくなものじゃない」

彼女は瞬きして私を見た。

「忘れたままでも、幸せならね」

また、胸の奥に鈍い痛みが走った。

三

私は興地の体温が薄らと残るベンチに腰掛けた。

彼の疲れ果てた後ろ姿を見て、不謹慎だと思いつつ、少し羨ましいと思った。

子どもの死と妻の憔悴は見ていて辛いだろう。でも、それは愛情と表裏一体だ。

知られずの神の調査で補陀落山を訪れてから、頭に大きな空洞ができたような虚無感が続いていた。私は何かを忘れている。

片岸さんがわざとベンチを大きく揺らして、私の隣に腰掛ける。

「何かあったのか」

私は作り笑いを浮かべた。

「……考えていたら混乱してしまって」

「それだけじゃねえだろ。わかるんだよ。俺もこの前まで似たような状態だったからな」

片岸さんは新しい煙草を咥えてフィルターを噛んだ。私はその横顔を盗み見る。

「片岸さんは知られずの神の調査に行ってから、憑き物が落ちたみたいですよね」

「変な話だよな。何の成果もなかったのに」

「私は逆なんです。あれからずっと何か大事なものを忘れてる気がして……」

私の声を、甲高い悲鳴が掻き消した。

私と片岸さんは同時に立ち上がる。声が聞こえたのは店の角を曲がった先だ。すると、興地が血相を変えて駄菓子屋から飛び出していった。私たちが慌てて彼の後を追うと、雨垂れで汚れたブロック塀の向こうから髪を振り乱した女性の頭が現れた。

「行かせてよ！　あの子が死んじゃう！」

艶のない髪とやつれ果てた顔が見え隠れする。興地が暴れる女性を押さえつけていた。

「死んでるんだよ！　もう死んでるんだ！」

胃の腑を千切られているような悲痛な声だった。あの塀にまどろむ神が現れたのだ。

穐津が淡々と呟く。

「まずいことになっているみたいですね」

私が一歩踏み出したと同時に、興地と彼の妻が電池が切れたようにへたり込んだ。興地の妻は地に突っ伏して泣き崩れ、興地は妻の背をさすりながらぐったりと座る。もう何回も繰り返しているのだろう。疲れ果てたふたりの姿は倒れた案山子(かかし)が重なり合っているように見えた。

片岸さんが張り詰めた顔で言った。

「山の神社に向かうぞ。御神体はそこにあるはずだ」

神社までの道は、ぬかるんだ坂に細い丸太を埋め込んだだけの階段が連なっていた。

片岸さんは息を切らしながら先頭を進む。パンプスの踵(かかと)に泥がこびりついて進むのが辛い。足を滑らせかけた私の背を、穐津が支えた。

「気をつけて」

「ありがとうございます。実地調査はスニーカーじゃないと駄目ですね」

「そうじゃなく、この先にあるもの」

穐津は階段の上を睨(にら)んだ。色素の薄い目には寂しい山道の枯れ木が映っているだけだった。

頂上の神社は殆(ほとん)ど木に埋もれるように立っていた。

「妙だな……」

片岸さんが呟く。

確かに奇妙だった。普通なら私たちから本殿の正面が見えているはずだ。

それなのに、木造の鳥居の先には、かろうじて屋根の造りで神社とわかる壁面があるだけだった。まるで背を向けているかのようだ。

「他に入り口があるんでしょうか」

「ここに来るまで一本道だぞ。反対側に参道があるにしたって、こっちに鳥居があるのに……」

穐津が鳥居の根元を指す。

「この鳥居、新しいですね。見てください。寄贈昭和二十九年。この神社はそれより遥か前からあるはずなのに」

目を凝らすと、焼印のような筆跡で確かにそう書かれていた。

「古くなって新調したんでしょうか」

「もしくは、本来神社の正面にあった鳥居を壊してこちら側に建てたか」

「何故そんなことを……」

ふいにすばしこい獣が鳥居を潜り抜けたような風が駆けた。

落ち葉が舞い、風がどっと本殿に吹きつける。

私は振り返り、神社の壁に先程までなかったものを見た。

巨大な丸窓だった。

ニスを塗った堅牢な窓枠が神社の壁にある。窓にかかった格子状の竹柵は所々折れ、乱杭歯のように並んでいた。

「まどろむ神……」

柵の間に暗闇が覗いている。本殿の中ではない。

まるで教会のような七色のステンドグラスと、朽ちた石のタイルが広がっていた。奇怪な光景が頭の中で像を結ぶ。補陀落山にあった、あの廃墟だ。

何故それがわかるのだろう。私はあの内部に立ち入っていないはずなのに。

私は一歩進み出た。

タイルには夜闇よりも黒い液体が、反射光を湛えて広がっている。血痕だ。

その中に、体格のいいスーツ姿の男性が倒れていた。

浅黒い肌と乱れた前髪が血に濡れている。彼のワイシャツの脇腹は黒く染まり、呼吸のたびに浮き沈みした。今にも命の火が途絶える寸前だった。

混乱する頭の中の何処か冷静な部分が囁く。まどろむ神は近しい故人の姿を見せるはずだ。

私は彼を知らない。それなのに、何故胸の痛みが強くなるのだろう。

彼と同じ傷を負っているように呼吸が荒くなる。今ならまだ間に合うはずだ。血塗れの男性に、痩せた青年が駆け寄った。彼の顔は私からは見えない。

青年は血塗れの男性を背負い上げ、足を引き摺って進もうとした。

連れて行かないで。

思わず手を伸ばした私の肩を誰かが掴んだ。

「宮木！」

片岸さんが私を引き倒す。窓に伸ばした手のスーツの袖が、ガチリと何かに噛まれたように千切れた。布の繊維が空中に解ける。

後ろから駆けてきた穐津が、丸窓の枠を蹴り抜いた。

彼女の爪先に丸窓から流れ出た、粘った液体が降り注ぐ。

まどろむ神は音もなく消え去った。

私は神社の目の前にへたり込んだ。片岸さんが震える手で私の肩を押さえている。

「すみません、片岸さん。穐津さんも……」

「宮木、何が見えた」

私は呆然と首を振る。

「わかりません。知らないひとでした。知らないのに……」

片岸さんは呼吸を整えて荒い息を吐いた。

「急にお前がまどろむ神に近づくから、何事かと思ったら……」

私はほつれたスーツの袖を見た。布地には食い千切られたような跡がある。

「あれがまどろむ神のやり口なんですね」

穐津が低い声で呟(つぶや)いた。

「死者の幻影は撒(ま)き餌(え)です。導かれた人間を食い殺すための。あれは窓というより神の口なんでしょう」

「じゃあ、誘われて飛び込んだひとは……」

「死んだでしょうね。再会できたという意味では伝承通りですが。いや、同じ場所に行けたとも限らないか」

私は唾(つば)を飲み込んだ。片岸さんが引き戻してくれなかったら、私はスーツの袖のようにズタズタになっていた。

片岸さんが唸(うな)るように言う。

「まどろむ神は神社に祈りに来た人間に故人の白昼夢を見せて誘(おび)き寄せて、食っていた。だが、おそらく戦後、調子に乗って帰還兵を食いまくったせいで、興地の祖父のように違和感を覚えるものも現れたんだろう。そして……」

「終戦から数年後、彼らは誰も山の神社に祈りに来ないように鳥居を敢(あ)えて後方につけた。そのため、まどろむ神は前の方法で餌が釣れなくなった。神はそれに対抗して新たな策を講じたんでしょう」

「窓に飛び込めば故人が生きている世界に行けると思わせた。伝承がそう変化したのは、人間がより心を揺さぶられるようにまどろむ神が画策したって訳か。最悪だな」

片岸さんは吐き捨てるように言った。

私たちは丸太の階段を一歩ずつ踏みしめて下った。

日は既に傾き、鳥居の影が重くのしかかるように背中に迫った。

失態だ。迂闊に領怪神犯に近づくなんて。ふたりとも私を責めるようなひとじゃない。

それが、余計に息苦しかった。

私は暗澹たる気持ちを追い払い、顔を上げる。

「まどろむ神に対処しなければいけませんね」

穐津が不思議そうに私を見た。

「対処？　特別調査課の方針は記録でしょう」

「何もしないのとは違いますよ。できれば、興地さんたちに被害が及ぶ前に行動しないと」

「行動とは、神のあり方を変えるということ？」

私が口籠ったとき、前を歩く片岸さんが背中で答えた。

「神は変えられねえよ。だが、少しずつ騙して方向を変えることはできる」

穐津がぴくりと眉を動かした。

「まどろむ神に都合のいい伝承を抹消し、勘のいい人間なら危険性に気づけるものに改竄する、とかな」

「効果はありますか」

「バス停を毎日一センチずつ動かして自分の家に近づけるような気が遠くなる作業だが、しないよりマシだ。六原さんに頼み込めば何とかなる。やりたくねえけどな」

片岸さんは心底嫌そうにかぶりを振った。


山道を抜け、先程の駄菓子屋の前に出た。

興地とその妻が寄り添い合って座っていた。色褪せたベンチが夕陽を受けて輝いていた。

片岸さんの作戦の効果が出るまでの時間は見当がつかない。その間に犠牲者も出るだろう。多くを救う準備の間に取り零すものがあるのは当然だ。

それでも、できれば興地たちを見過ごしたくないと思う。

穐津が呟いた。

「片岸さんも宮木さんも無事でよかったです」

「後輩のお前に助けられたな。これからも情けない先輩を支えてくれ」

冗談めかして言う片岸さんに、彼女は形式的に口角を上げた。

「片岸さんが無事だったのは、近しいひとを亡くしていないからでしょう」

「……そうだな。失ってない」

穐津は視線を動かし、私を見た。

「宮木さんもそうでは？」

「はい、母も祖父も健在ですし、父は……」

言葉の先が出なかった。私はわざと話題を変える。

「……穐津さんは？」

「何も見えなかった。数えきれないほど見送ったのに」

私は驚いて穐津を見つめる。彼女は何も言わなかった。

初春の風が吹き、穐津の髪から懐かしい煙草の匂いが香った気がした。

子連れの神

RYOU-KAI-SHIN-PAN

There are incomprehensible
gods in this world who cannot be called
good or evil.

序

送り狼って言葉があるでしょう。この村では別の意味なんですよ。世間で言われている悪い意味と違って、とっても優しい、いいものなんです。

本当に狼かはわかりません。

なにせ、見たことがある人は殆どいないし、見たとしても脚や毛のひと束だけらしいの。遠目からは私みたいな白髪のお婆さんに見えたとか、いや、あれは冬に耐える強い狼の脚だったとか、皆好き好きに言います。

本当かどうかはわかりません。いつも現れるのは決まって、ひどい吹雪の夜ですから。

でも、ひとつ言えるのは、山から来た子どもの守り神様ってことですよ。

うちは四方を山に囲まれていますから、秋の終わりから雪が降り積もるのね。今じゃ考えられない話だけど、薪を拾いに山に入った子どもが急な吹雪で道に迷うことが度々あったんですよ。

日暮れまで子どもが帰ってこないとき、皆がやきもきしながら眠れずにいるでしょう。すると、どこからともなく狼の遠吠えのような声が聞こえるんです。吹雪が重い木戸を叩く音に混じってね。

親が外に飛び出すと、家の前に我が子がいるんですよ。

慌てて子どもを家に引き入れて、凍えきった身体を囲炉裏の前で温めながら話を聞くと、皆同じことを言うんです。

雪の山で途方に暮れていたとき、だんだんと狼の声が聞こえてくるんですって。自分を食べに来たと思って逃げるうちに、いよいよ右も左もわからなくなって立ち往生してしまうのね。

精魂尽き果てて倒れたとき、誰かが手を差し伸べてくれるの。

それが、あかぎれで硬くなった人間の女の手だった気もするし、銀の毛皮の狼の前脚だった気もするって。

伸ばされた手をとって立ち上がると、自分をぐんぐん引っ張って進んで行くんです。

一寸先も見えないほどの雪の中なのに、迷うことなく。

その間もずっと狼の吠え声が聞こえているんです。

そして、気づくと自分の家の前にいるんですって。迷い子の親が慌てて戸を開けると、狼の声は止むんです。送り届けたのを確かめるようにね。

ええ、私も経験したことがありますよ。

まだ幼い頃、猟師だった父と冬山で逸れたときです。もう七十年も前の話かしら。

あまりしっかりとは覚えていませんよ。

　でもね、冷たいようで温かい不思議な手と狼の遠吠えだけは覚えています。

　母が戸を開けて自分を抱きしめたときの温かさと、朝方まで自分を捜していた父が帰宅したとき、初めて見た涙もね。

　何の神様かなんてどうでもいいじゃありませんか。迷い子を家まで送り届けて、感謝の言葉も礼のひとつもねだらず帰ってゆく。

　そういう存在です。

一

　役所の窓から見る空は、白に青と黒を一滴ずつ混ぜたようなぼやけた色だった。

　片岸さんは曇った窓ガラスを睨み、陰鬱な顔で煙草を吹かしている。陰鬱なのは隣に六原さんがいるからだ。私はふたりの間に立ち、停滞した空気を感じていた。

　六原さんが言う。

「まどろむ神に関する伝承の改竄があらかた終わった」

「ありがとうございます。これで少しはいい方向に向かうといいんですが……」

　黙っている片岸さんに代わって私がお礼を述べると、当の本人が口を挟んだ。

「俺の行く方向はよくねえんだよな」

　六原さんが片眉を吊り上げる。片岸さんは義兄に助力を乞う代わりに、彼の任務に同行する条件を呑んだらしい。

　片岸さんが灰皿に煙草をねじ込む。

「宮木、そういう訳で一旦俺は抜ける。穐津の世話を頼んだぞ。あいつ、鋭いところと信じられないくらいボンクラなところが同居してるからな」

「任せてください」

「俺の代わりに上層部のあるひとが同行するらしい。まあ、そっちは相当マシな部類だから安心しろ」

　片岸さんは言葉を濁すと、六原さんの背を強く叩いた。

「とっとと行くぞ。村に着く頃には日が暮れちまう」

「俺は今日午前休だが」

「俺たちに労働基準法が適用されると思うなよ。ここは治外法権だ」

「離島よりもひどい」

　私は苦笑してふたりを見送る。足音が聞こえなくなった頃、入れ替わるように穐津が現れた。彼女は会釈して煙草を取り出す。

「穐津さんも吸うんですね」

「そう。喫煙所で大事な仕事の話が進むこともあるから。喫煙者の連帯意識は馬鹿にならない」

「社会人の切り札ですね」

私は小さく肩を竦める。穐津は私と同い年か、少し年上だ。若輩者が機関で生き抜くための手段を身につけようと努力してきたのだろう。

そう思ったとき、頭の中に、空にかかる薄雲に似た靄がかかった。私は前の部署で誰といて、何をしていたのだろう。

足元が急に薄氷に変わったような緊迫感が走る。特別調査課に来る前のことが、思い出せない。

穐津は見透かしたように私を眺めた。

「宮木さん、記憶障害が起きているでしょう」

私は虚をつかれて口を噤む。

「わかるよ。補陀落山に行ったひとは偶にそうなる」

「……知られずの神の影響ですか」

穐津は長く煙を吐き、目を伏せた。無表情な横顔に哀しみの色が微かに見てとれた。

「前の部署で私は宮木さんと一緒に仕事ができて嬉しかった。やっと同じ境遇のひとと協力し合えると思ったから。でも、貴女が忘れているなら、それでいいのかもしれない」

「よくありませんよ」

補陀落山に行ってから片岸さんは気持ちの整理ができたようだけれど、私は真逆だ。あの日からずっと迷っている。

「穐津さん、何か知ってるなら教えてくれませんか」

「片岸さんを巻き込むかもしれないよ」

私は唇を噛む。稚津は灰皿の縁で煙草を叩いた。

「真実を知ろうとしてもキリがないんだ。どこかで落とし所を見つけなきゃいけない。幸せでいる条件は無知でいることだから」

「でも、私が知らないせいで誰か不幸になっていませんか。ずっとそんな気がしてるんです」

「優しいね」

彼女は煙草を火消しの水に投げ入れた。線香花火が消えたような音がした。


指令を受けて村に向かう最中、私と稚津は取り留めのない会話をした。真実に踏み入る心の準備ができていなかった。

鈍行の車窓を流れる空は曇って奥行きがなく、刑務所の壁のようだった。

無人駅に降り立つと、見知った顔が出迎えた。

「梅村さん」

「お疲れ」

彼は軽く手を振った。切間さんと同じく創設期からいる最古参のメンバーだ。四十代で妻子もいるらしいが若々しく、とてもそうは見えなかった。

稚津が慇懃に礼を返すと、梅村さんは困ったように笑った。

「畏まらなくていいって。そうは言っても難しいか。急に上司と組まされるなんて気まずいよな」

　私は慌てて手を振った。

「とんでもない、心強いですよ。切間さんの采配ですか？」

「切間の更に上だよ。流石に断れなくてさ。でも、僕以外適任がいないんだよね」

　梅村さんは閑散としたホームを歩き出した。私たちは彼の後に続く。

「適任とは？」

「今回の領怪神犯に対してってこと」

　穐津が答えた。

「子連れの神。十五歳以下の子どもかその両親にしか観測できないと言われていますね」

「勉強熱心だね。そういうこと」

「梅村さんには娘さんがおふたりいるとか」

「うん、上の子はもう高校生だけど、下の子のみつきが十歳だから。うちは独身が多いだろ？　切間もそうだし、江里さんはバツイチで子どももいないし」

「そうなんですか？」

「あ、これあんまり言っちゃいけないんだった」

　梅村さんはあっけらかんと笑う。立場を感じさせない気さくさは上層部の中でも親しみやすい。確かに彼が同行者なのは幸運だと思った。

改札を抜けると、どこか息苦しいような空気を感じた。

駅前にはトタン屋根の個人商店があるだけで、細い道路も錆びたフェンスに雑草が絡んだ寂しいものだ。

どこにでもある田舎の風景だが、空が狭い。四方から垂れ込めるように山が聳え、深い穴の底から地上を見上げているような錯覚を覚える。

季節ももう春のはずだが、吹き抜ける風も厳冬の最中のようにひどく冷たく感じた。山を駆け降りた寒風はまばらな民家にぶつかり、狼の遠吠えのような響きを奏でる。

梅村さんが白い息を吐いた。

「ああ、この音が伝説の遠吠えって訳か」

「確かに狼が吠えているように聞こえますね。伝説では、神が迷子を村に連れてきて、一晩中歩き回って親を捜すとか」

「まずは遭難した子どもが神を目撃するんだっけ。伝承の何割かはただの幻覚かもな。低体温症になると脳の活動が低下して錯乱を起こすんだよ。体温が二十八度を切って昏睡状態になる直前によくある」

「詳しいですね」

「医学部だったからね。現職に何も活かせてないけど」

かぶりを振った梅村さんに亀津が歩み寄った。

「幻覚を見るほど重度の低体温症の子どもがひとりで下山できるでしょうか」

「死に近づいた人間は考えられない行動をするぜ。神経がいかれて雪山で全裸になる矛盾脱衣なんかがいい例だよ」

「……伝承の一部が紛い物だとしても警戒はすべきかと」

「大丈夫、わかってるよ。神は人間の理解や科学の範疇を超える。思い知ってる」

梅村さんは一瞬笑みを打ち消した。特別調査課で切間さんの側近として二十年働いている彼だ。私が見たこともないほど恐ろしいものにも直面したことがあるのだろう。

道を進むと、路肩に古びた銅像が立っていた。台座に膝をついて座る、擦り切れた服の少女の像だった。

「お雪の像……」

私は台座に彫られた文字を読んだ。経年で顔の造形が薄れ、表情がぼやけている。嬉しくも哀しくもなく、先程梅村さんが言ったように意識が混濁して死を待つだけの瞬間のような顔だと思った。

「何だろうね。村の偉人って訳でもなさそうだけど」

梅村さんが呟いたとき、三つ揃いのスーツを纏った年配の男性が向こうから歩いてきた。

「これねえ、お雪ちゃんっていう昔話に出てくる子なんだよ」

老人は人懐こい笑みを浮かべる。

「失礼、私はこの先の小学校で教頭をやってるもんでつい。教えたがりなんですよ」

老人は禿げ上がった額を手の平で打った。私たちも笑みを返す。

梅村さんが素早く名刺を取り出した。

「お忙しいところ恐れ入ります。私たちは東京の文化振興局から参りました。日本各地の口承文芸について調査しているところでして」

「おお、これはご丁寧に」

老人と梅村さんは早くも旧知の仲のように言葉を交わし始めた。

少し離れたところで眺める穐津が呟く。

「すごいね。今度から聞き込みは全部梅村さんにやってもらいたいな」

「駄目ですよ。穐津さんも見て勉強しないと」

「向き不向きがあるよ」

私は片岸さんの真似をして穐津の背を叩く。

そのとき、耳元で狼の遠吠えが聞こえた。一陣の風が渦を巻いて通り抜ける。

ただの聞き間違えだ。

そう思った瞬間、お雪の像の根元に白い毛皮に覆われた獣の脚が覗いた。

私は一歩後退る。脚はすぐに消えた。銅像の少女の額が冷水をかぶったように濡れていた。

雫は像の頭頂部から滴り、眼窩の窪みに溜まって涙のように零れ落ちた。

二

「宮木ちゃん、大丈夫?」

私は梅村さんの声で我に返った。

「はい、珍しい銅像だったのでちょっと気になって……」

教頭先生だという老人は満足げに笑った。

「お若い方がこんな村に興味を持ってくれるとは、ありがたいですな。今ちょうどお話ししてたんですが、これからうちの学校で昔話の会がありまして。皆さんもどうですか」

私は願ってもないと頷く。

梅村さんが老人と連れ立って歩き出した。穐津だけは銅像を睨んだまましばらく動かず、少女から雫が滴るのを見つめていた。


案内されたのは木造の校舎だった。

校庭には季節外れの霜で滲んだ白線が引かれ、花壇は植え替えの時期なのか花はひとつもなく、掘り返された土が広がっていた。

私は教頭先生に導かれながら、樟脳の匂いが漂う渡り廊下を進む。

体育館に通されると、達磨ストーブの熱気で匂いが濃くなった。

暗幕が引かれた館内を、火の灯(あか)りが橙色(だいだいいろ)に染めている。体育座りをした児童は四十人足らずで、ストーブの火は赤々と燃えているのに寒々しく感じた。

　昔話の会はもう始まっているらしい。私と稚津と梅村さんは息を殺して壁に張りつくように立った。

　壇上には着物姿の高齢の女性が膝を折って座っていた。低く嗄(しわが)れた声が反響する。

「お雪という娘は捨て子だった。春の終わり、親に置き去りにされて山で泣いているところを、猟師が見つけた。だが、村は貧しく皆家族を養うので精一杯。そこで、仕事の人手が足りないときに娘を呼び、代わりに飯や寝床を与えることにした」

　銅像になった少女の話だとわかった。

「お雪は気立がよく、働き者だった。村人は敢(あ)えて仕事を余らせてお雪を呼び、飯を振る舞って暖かい寝床で寝かせた。お雪が子守をした幼子は皆、姉のように慕った。誰もが村の一員としてお雪を大事にしたんだ」

　梅村さんが目を細めている。我が子の幼い頃を思い出しているんだろうか。私もストーブの火の灯りで頬を橙に染めて、真剣な顔で聞き入る児童たちを眺めて微笑ましくなった。

「ところが、お雪が薪になる木を拾いに行ったある日、急に山おろしが吹き、ひどい雪となった。猟師たちが捜しに行ったが、見つからなかった。村の女たちは項垂(うなだ)れる男たちを慰め、『山神様が届けてくださるだろう』と言った」

　穐津が押し殺した声で呟いた。

「家も親もない子を何処に届けるんだろうね」

　襟首から放り込まれた雪の塊から、雫が背筋を伝ってくるような寒気がした。

「その夜、村人が眠れずにいるとどこからともなく吹雪に混じって、狼の遠吠えが聞こえた。皆、寝巻きのまま飛び出して戸を開けたが、狼もお雪も見当たらなかった」

　老女は唾を飲んで黙り込んだ。時が止まったような長い沈黙だった。子どもたちも不安げにざわめき出す。

「それから、二年が経った」

　唐突に老女が口を開き、児童たちが身を竦める。

「村でいっとう幼い子があの日のように山で迷った。両親が夜通し捜していると、子どもは日の出とともにふらっと帰って来た。母親が血相を変えて尋ねると、『狼と子守の姉さんが送ってくれた』と言うじゃないか。村人は皆思った。優しくて働き者のお雪は神様に気に入られて、遣いに選ばれたんだ、と。それから、お雪は山神様と一緒に祀られるようになったとさ」

　老女は身を折りたたむように頭を下げた。沈黙の後、教師のまばらな拍手が響き、続いて児童たちが一斉に手を叩いた。不揃いな拍手が体育館にこだました。

教頭先生に礼を言ってから、私たちは学校を後にした。

校門で手を振る教頭先生の姿が見えなくなってから、穐津が唐突に切り出した。

「どう思いましたか」

梅村さんが頭を掻く。

「どうって……山神は子連れの神で間違いないだろうけど、それにしてはよくある普通の昔話っぽすぎるな。宮木ちゃんは？」

「私もそう思います。領怪神犯にしては被害も特異性も少ないような……」

穐津は諦めとも同意とも取れない表情で頷いた。

「でも、領怪神犯である以上、特異性はあるはずです。私たちが見落としてるだけで」

「そういえば、僕ひとつ気になってたんだよね」

梅村さんが校舎を横目で眺めながら言った。

「子連れの神を見る条件だよ。十五歳までの子どもってのはわかる。未成年、昔で言う元服してない年だ。でも、その親まで含めるのは何でだろうなって」

「よく昔話で子どもにしか見えない妖怪とか出てきますけど、親にも見えるのはなかなかありませんよね」

私は無意識に次の言葉を呟いた。

「まるで親に挨拶するみたい……」

「何だそりゃ」

軽く笑った梅村さんに反して、穐津は深刻な顔をした。

「お雪が神様の遣いになったの、本当は逆かもしれない」

「逆って？」

梅村さんの問いに、穐津はハッとしてからすぐに表情を打ち消した。

「独り言です。確証がないので忘れてください」

梅村さんはふと溜息(ためいき)をついた。

「妙な案件回されちゃったな。手がかりが少なすぎる。切間はまず神の名前に注目しろって言ってたけど、子連れの神じゃそのまんまだし」

私は苦笑を返す。

「そういえば、領怪神犯って名称も駄洒落(だじゃれ)みたいで不思議ですよね」

「そうか、宮木ちゃんたちは知らないか。これ元々は暗号だったんだよ。神がほぼ認知されていなかった黎明期(れいめいき)に、正体不明の存在を共有するために国が使ってたんだ」

「だから、政府の許可なく漁業なんかを行う領海侵犯と同じ響きなんですね」

「そう、人間の生存圏に侵入して脅かす存在ってね」

「由来はもうひとつありますよ」

穐津が淡々と口を挟んだ。

「領怪神犯は神の在り方として不可解で、前提を覆す侵略者のような存在だからです」

「……どういうことですか？」

「普通、神は信仰によって力を増すでしょう。でも、領怪神犯は存在や本質を秘匿しながら強大な力を保つものもある。前身の対策本部時代の記録にある火中の神や、信仰すらされていなかった俤の神などが該当します」

稀津の言葉は預言者のように響いた。

「通常の宗教の概念に則らず超自然的に発生したとしか思えない存在、それが領怪神犯です」

私は言葉を失っていた。梅村さんが乾いた笑いを漏らす。

「稀津ちゃん、それ誰に聞いたの？」

「記録で一度見ました。記憶力だけはいいので」

「すごいね……」

梅村さんの瞳から光が消えていた。

不穏な空気を破るように何処からか念仏の声が聞こえた。

私たち三人は咄嗟に振り返る。校門から続く桜の並木の陰に、昔話を語った老女がいた。

彼女は先程の壇上よりも更に身を折り曲げ、何かに怯えるように一心不乱に念仏を唱えていた。皺だらけの手の平が擦り合わされ、枯れ葉を潰すような音が響く。

桜並木の根元に小さな脚が覗いていた。

擦り切れた小豆色の着物の裾から覗く、痩せこけた少女の脚だった。

死人のように青く、爪先（つまさき）だけは血が滲んで赤い。踵（かかと）は黒く染まり、錆（さ）びた鉄のようになっていた。まるで何ヶ月も休まず歩き続けたように。

念仏に混じって、狼の鳴き声が聞こえる。

勝ち誇ったような遠吠（とおぼ）えだった。

三

まずいことが起こり始めている。直感でそう思った。

狼の遠吠えが耳の奥にこびりついたように離れない。這（は）うような低い念仏と、甲高い獣の声がうねり、絡み合う。

気づいたときには、私は進み出て老女の肩を摑（つか）んでいた。

「宮木さん……」

穐津の声と、手から伝わった女性の震えが私を現実に引き戻す。私は唾を飲んで一息に言った。

「何故念仏を唱えていたんですか」

老女は深い皺が刻まれた顔に、隠し事が見つかった子どものような表情を浮かべた。

「何でもない、関係ないだろう……」

私は逃げようとする彼女の手首を摑む。

「何かを恐れているから、念仏を唱えていたんじゃないですか」

梅村さんが私に駆け寄って囁く。

「急にどうしたんだよ。宮木ちゃんそういうことする方じゃないでしょ」

女性は白髪で顔を覆い隠すように俯いた。背負った物の重さに耐えかねて首を垂れたようだった。このひとは荷を下ろしたがっている。

「あの昔話に関して、隠していることがあるんじゃないですか」

女性は乾いた唇を震わせた。

「続きがあるんだよ……」

先程の流れるような語りとは全く違う、途切れ途切れの言葉だった。

「あの話の最後に出てくる、お雪を見たと言った子どもはな、私の祖父さんなんだ」

私たち三人は小さく息を呑んだ。

「では、貴女のお祖父様は山神の姿を見たんですか」

「ああ、本当はお雪が消えた翌年のことだ。雪が解ける初夏の頃、やっと氷が張らなくなった井戸から水を汲んでいるとき、ふと狼の遠吠えを聞いたような気がして顔を上げると、ふたつの影が目に入ったらしい。ひとつは今の私みたいな白髪で背の低い何かで、もうひとつは痩せこけた娘だったたって」

「それがお雪ですか？」

「ああ、顔は青白くて着物は擦り切れていたって」

今さっき見た、死人のような脚が脳裏を過ぎった。

「祖父さんは子守の姉さんが戻ってきたと思って慌てて追いかけようとしたが、ちょうど近くにいた大人に止められたらしい。『ああなったらもう戻って来られねえ』って」

私は言葉を失った。お雪以外にも子連れの神に遭って戻らなかった者がいるのを村人たちは知っていたのか。

「祖父さんは母さんにこの話を教えて、最後の部分は語っちゃいかんと言ったらしい。だから、私もあそこまでしか話さないんだ」

「何故最後の部分を話してはいけないんですか」

「……遠吠えが聞こえる」

老女は震える身体を抱え、雪山で助けを待つ幼児のように縮こまって動かなくなった。先程聞こえた遠吠えは、彼女に余計なことを話すなと神が警告しに来たのか。校舎から出てきた教頭先生が私たちと蹲る女性に目を留める。

梅村さんが小さく舌打ちした。

「退散したほうがよさそうだな」

私と亀津は梅村さんに半ば引き摺られて小学校を後にした。私は何度も振り返り、教頭先生が老女を助け起こしたのを確かめる。

もう木々の隙間から痩せこけた脚が覗くことはなかった。

空はかき曇り、真冬のように灰色で無機質な色に変わっていた。

梅村さんは深刻な表情で言う。

「ふたりとも、今回は先に帰っていいよ」

「どうしてですか？」

「実は、上の連中に言われてるんだよね。現地調査で成果が得られなかった場合、山に行けって」

「子連れの神がいるという山ですか」

「そう。僕は領怪神犯に会う条件を満たしてるけど、ふたりは違うでしょ？　だから、来てもしょうがないし、帰っていいよ」

軽薄な口調で告げる梅村さんの横顔は張り詰めていた。私たちを巻き込まないようにそう言ってくれているんだろう。

ずっと昔にそんな横顔を何度も見上げたような気がした。

私は先を歩く梅村さんに追いついて隣に並ぶ。

「行きますよ！　先輩に仕事押し付けて帰ったら片岸さんに皮肉を言われます。後輩の前でそんなところは見せられませんしね」

穐津も慇懃(いんぎん)に頷(うなず)き、自らも同行すると答えた。

「じゃあ、しょうがないか。荷物が増えちゃったな」

そう笑う梅村さんの顔は先程よりも緊迫していた。

山は枯れ木で覆われ、茶色いすり鉢を伏せたように見えた。初春だというのに、木々には新芽のひとつもなく、枝の一本一本が空を刺す極細の針のように広がっている。

私たちは梅村さんを先頭に獣道を踏み締めて歩いた。

「今は薪拾いに来る人間もいないから荒れ放題なんだね」

梅村さんの言葉に、亀津が独り言のように呟いた。

「山に入って迷う子どももいないでしょうね。子連れの神が必要となる場面もほぼないはずです」

「神はそれをどう感じているんだろうね」

私はスーツの袖を刺す枝を避けながら進む。

「山の守り神にとって子どもが迷わないのはいいことなんじゃないでしょうか」

「本当に守り神なら何故お雪を返さなかったのかな」

私は少し考えてから答える。

「送り届ける家がなかったからでは？」

「規定の条件が満たせなかったから行為を完遂できずに村中をぐるぐる回ってたんだとしたら、ゲームのバグみたいだね」

「亀津さんもゲームやるんですね？」

頷く亀津の唇から白い煙が靡いていた。

「ちょっと、穐津さん！　山で煙草吸ったら火事になりますよ」

「吸ってないよ」

私は足を止めて彼女を見つめる。確かに煙草も火もない。ただ唇から白いものが流れ続けていた。

私は自分の呼気も白くなっていることに気づく。まるで氷点下の中を進んでいるようだ。

気づいた瞬間、周囲の空気が急速に冷えていくのを感じた。

錯覚ではない。枯れ葉を踏み締める音に霜が砕ける音が混じる。視界が白い粒で曇って、睫毛に雪の欠片が載っていることを知った。これ以上進んだらまずい。

「梅村さん、待ってください……」

呼びかけてから、梅村さんがとっくに足を止めていることに気づいた。何時間も雪の中に立っていたような蒼白な顔をしていた。

私は梅村さんの背に手を伸ばしかけて止める。周囲から無数の視線を感じた。

細い木々の隙間から、それよりも細い脚が覗いている。血豆が破れて硬く黒くなった子どもの脚だ。どれも着物の裾が千切れ、あかぎれになった指の股に草履の鼻緒が僅かに残っている。

ひとつやふたつじゃない。枯れ木の根元が変色した爪先に覆われて見えなくなるほど多数だった。

狼の遠吠えが聞こえ、吹雪が吹きつけた。

梅村さんの目の前に白い塊がある。足まである白髪で姿を隠した老婆にも、上体を折り曲げてこちらを窺う狼のようにも見える。

「かしこみ申す……」

獣の鳴き声と暴風に混じって細い声が聞こえた。

「みつき童女……」

梅村さんの頬が引き攣った。声は白い塊から響いている。

「要らぬなら御返しいただき申す……子は神のものなれば……要らぬ子を捨てるなら、吾が貰ってよう御座んすか……」

梅村さんは何かに魅入られたように一歩踏み出した。彼の震える身体が頷いているようにも見える。吹雪が強くなり、梅村さんの後ろ姿が霞む。白く曇った視界に、まどろむ神に見せられた、血塗れの男性の姿を幻視した。

「梅村さん、駄目です！　娘さんが連れていかれてしまいますよ！」

私は咄嗟に叫んでいた。梅村さんが我に返り、喉を震わせた。

「要らない訳ねえだろ！　お前なんかに連れていかせるか！」

白い塊がのっそりと顔を上げる。周囲を埋め尽くす刺すような視線が鋭くなった。

子連れの神の白髪から赤い口腔と牙が覗いた。

空気を震撼させるような遠吠えが山を揺らす。

気がつくと、神も子どもの脚も消え去っていた。

辺りを覆う霜も吹雪もない。閑散とした、ただの枯れ山だった。

梅村さんが白くない息を吐き、その場に座り込んだ。

「大丈夫ですか！」

「危なかった……」

彼は項垂れるように頷く。背中を摩ると、スーツの布地が金属のように冷え切っていた。

「あれに話しかけられた瞬間、何もわからなくなって……宮木ちゃんが止めてくれなかったら危なかった……ああ、くそ、二十年もこの仕事してんのに、未だにこのザマかよ。また奪われるところだった……」

私は目を伏せる。神に関わる必要などなさそうな梅村さんが、特別調査課で二十年間戦い続けている理由は何だろう。彼にもそうせずにはいられなかったきっかけがある。

「やっぱり逆だった」

穐津が唐突に山の頂点を睨みながら言った。

「子連れの神は遭難した子どもを送り届けているんじゃない。自分のものにするために、一晩かけて村を回って確かめているんでしょう。だから、親にも見えるんです。この子が要らないなら自分のものにしていいかと、了承を得るために」

「お雪が連れ去られたのは、誰も要ると言ってくれなかったということですか」

亀津は一拍置いて言った。

「子連れの神は子を返せと言ったでしょう。昔は間引きで子どもを捨てることを、神にお返しするという名目で、子返しと言ったんだよ」

吹雪は消え去ったというのに、冷たい風がまとわりついたような感覚を覚えた。

「……この村でも間引きが行われていたということですか」

「だろうね。神が山に置き去りにされた子を連れて戻ってきても親は返事をしない。貧しい家で共倒れになるより、神様の許に行く方が幸せだとでもいうのかな」

「本当に幸せなんでしょうか」

「さっきの子どもたち、連れ去られた捨て子たちを見る限り、そうは思えないけれど」

「親も神もみんなカスだな。ふざけんなよ……」

梅村さんが低く唸る声が枯れ木の森に溶けた。


私たちは下山し、すっかり暗くなった頃、無人駅に辿り着いた。

亀津が先に改札を潜ると、梅村さんが私を呼び止めた。

「宮木ちゃん、あの子に気をつけな」

「亀津さんのことですか？」

「うん、あの子上層部しか知らない領怪神犯の語源を知ってただろ」

私は無言で頷く。梅村さんがかぶりを振った。

「今回の案件、おかしいんだよ。切間は調査員やその家族を危険に晒すような采配はしない。もっと上の差金だ。あいつらの息がかかってるなら、あの子に深入りしない方がいいよ」

改札の向こうの穐津が振り返る。色素の薄い目は夜闇を映して、黒く沈んでいた。

豊穣の神

RYOU-KAI-SHIN-PAN

There are incomprehensible
gods in this world who cannot be called
good or evil.

序

その山には、神がいるとも鬼がいるとも言われてた。それほど得体の知れない恐ろしいものがいたんだろうなんてな。

昔の話さ。

かつては皆怖がって山の麓にすら村を作らなかった。広くて日の当たる土地があるってのに、あの山を恐れて寄りつかなかったんだ。

だが、あるとき、元いた村を洪水で追われた人間たちが集まって麓に流れ着いた。他に行くところもない。恐ろしいが、ここに村を作ろうと決まったんだ。

そうなったら、神様にご挨拶しなければならんよな。周りが止める中、元の村の長とその家族は山に登った。

村長の家族は途中、山伏に会ったそうだ。彼はこの山には入ってはならんときつく諭したが、皆の事情を知ると仕方ないからせめて自分もついていくと加わったそうだ。

一晩かけて山を登り、神か魔物が棲むという洞窟へ辿り着いた。早朝でも夜のように暗く、捻れた洞穴が歯が何重にも生えた口のように見えたそうだ。

村長と一家は地に額をつき、どうか麓に村を開かせてほしいと告げた。すると、洞窟の奥から禍々しい声が響き、「何人いる」と尋ねたそうだ。村長は恐怖に耐えながら正直に答えた。

しばしの沈黙の後、今度は打って変わって、穏やかで明るい声が響いた。村を開くのを許す、と言った。

山に近いところに作るといい、水場や薬草の場所も教えてやろうと。村長たちは歓喜し、何度も礼を言って去った。

洞窟の外にいた山伏だけは、あんなものは神ではない、すぐここを離れろと言ったが、誰も聞かなかった。

人々は村長が戻ってすぐに村を開いた。

困り事があるたび、山に行くと、あの声が何でも教えてくれた。

土に合う作物や、流行病に効く薬草や、獣を狩りやすい溜まり場も教えてくれた。村はたちまち栄えた。

山伏はしばらく村に留まったが、やがて諦めたように去っていったそうだ。

村が開かれてから七年が経ち、亡くなった村長の代わりに彼の息子夫婦が長を継いだ。夫婦は山神に礼を言いに行こうと洞窟を訪れた。

神様のお陰で村は栄えた、一生安泰だ、と告げると、声は嬉しそうに笑った。

息子の妻は何故それほどまで人間に良くしてくれるのかと尋ねた。声は笑って答えた。

「お前たちが畑を耕し、獣を飼うのと同じ理由さ」と。

村長夫婦は、神は自然を愛するようにひとを愛してくれているのだろうと喜んで帰った。その夜は宴だった。

翌る日の朝、雨も降らないのに土砂崩れが起こったそうだ。家も畑も埋もれ、村の何人もが死んだ。

新しい村長夫婦は山の洞窟に行き、嘆き泣きながらどういうことかと問うた。

山神は哀しげな声で、村に悪いものが入ったから退けようと戦った、お前たちには悪いことをした、と答えた。

洞窟の奥、乱杭歯のような鍾乳洞に例の山伏の衣が突き刺さっていた。

あれが豊かな村を妬んで人々を害そうとしたので山神が戦ったのだとわかった。

神でも鬼でもない、もっと人間に身近で、力加減は下手だが優しいものだ。

豊穣の神。今はそう呼ばれてる。

一

梅村さんは先に電車を降りるとき、私に囁いた。

「あんまり生き急ぐなよ。君のお父さんと切間が守った命なんだから」

言葉の最後と困ったような表情は自動ドアに遮られた。

役所に戻って、無人の喫煙所に佇み、煙草を吸わずに私は立ち尽くす。

私の父は蒸発したはずだ。私を守ったなんて、切間さんからも聞いたことがない。ただ切間さんからは父親を恨んでくれるなとは何度も聞かされていた。

切間さんは何かを知っていて、隠している。

こんなとき、相談できる相手が浮かばない。特別調査課に入ってから、学生時代の友だちとは疎遠になった。何かあったとき巻き込まないように。

ガラス窓から見下ろす街には小雨が降り、色とりどりの傘の花が無数に咲いていた。数えきれないひとたちが近くにいるのに、私は独りだった。

喫煙所の扉が開いて静かな靴音が響いた。

「片岸さん……」

ただ一回の任務で離れただけなのにひどく懐かしく思えた。

「宮木、吸い始めたのか？」

「いえ、ちょっと考え事を……」

「それならいい。こんなもん百害あって一利なしだぞ」

「片岸さんがそれを言いますか」

私は思わず微笑んだ。

片岸さんは咥え煙草でライターを探る。

「穐津とは上手くやってるか？」

梅村さんの言葉が過(よ)ぎって、私は口を噤(つぐ)んだ。

「お前でも難しいなら俺には無理だな。押しつけてよかった」

「何てこと言うんですか！」

口ではそう言いつつ、波立っていた気持ちが凪(な)いでいくのを感じた。片岸さんは探り当てたライターで煙草に火をつける。

「まあ、頑張れよ。悪い奴じゃない」

「……そうですね」

「俺はまた六原さんに駆り出されるが、どうしても困ってたら言ってくれ。逃げる口実になる」

「それが本音でしょう」

私は片岸さんに穐津や梅村さんのことを言うか迷ってやめた。やっと気持ちにケリがついた彼をまた無闇に巻き込みたくない。

たぶん、切間さんも同じ理由で私に何かを隠しているんだろう。

片岸さんが小さく呻(うめ)いた。向こうから六原さんが歩いてくる。

「幽霊に会ったみたいな顔しないでくださいよ」

「幽霊のがマシだ。じゃあ、またな」

片岸さんは吸殻を灰皿に捩(ね)じ込んで去る。私はその背中を見送る。

六原さんと何か言葉を交わす彼の姿が、滞留する煙に霞(かす)んだ。

＊＊＊

「六原さん、いい加減白状しろよ」

「何を？」

「何でどうでもいい任務にわざわざ俺を連れ出す。意図があるんだろ」

「……お前の新しい部下に近付かせたくない」

「あんた何言ってんだ」

「俺は子どもの頃、故郷に巣くう領怪神犯に何度か近付いたことがある。彼女からはそれと同じ匂いがする」

＊＊＊

高速バスを乗り継いで辿(たど)り着いた目的地は、想像よりずっと栄えていた。

山麓(さんろく)にはささやかだが風情ある茶屋と土産物屋が並び、甘酒を売る露店から甘い湯気が立ちのぼっている。日に焼けて色褪(いろあ)せた暖簾(のれん)が風にはためいていた。

仕事でこういう場所に行ける機会は貴重だ。片岸さんがいたなら遊びじゃないぞと釘(くぎ)を刺されていただろう。

傍の穐津は赤いブリキのスタンド式灰皿で煙草を吹かしながら呟いた。

「嬉しそうだね、宮木さん」

「つい……仕事なのにちゃんとしなきゃ駄目ですね」

私は笑みを作りながら、内心ひりつくような思いがした。嫌でも梅村さんに言われたことが蘇ってしまう。穐津は私を見つめてから俯いた。

「私も少し楽しみ。私用で旅行に行ったりしないから」

「そうなんですね？」

「うん、行く友だちがいないの」

真剣な顔で肩を落とす彼女を見ていると、先程までの警戒心が急速に萎んでいった。

「じゃあ、今楽しみましょう。甘酒呑みますか？」

「仕事中にいいの？」

「地元のひとと仲良くなるのも調査の上で大切ですから。買い物をすると聞き込みもしやすいんですよ。前に漁村に行ったときは甘酒に鱗が入っていたこともありましたけど……」

穐津は複雑な表情をした。

「あ、今から呑むってときにする話じゃなかったですよね。すみません。でも、ここは山ですから心配ありませんよ！」

私は半ば穐津を引きずるように露店へ向かい、甘酒をふたつ注文した。

エプロンをつけた中年の女性が紙コップに勢いよく甘酒を注ぎ、白濁した滴が波打った。

「お友だちとご旅行？」

女性は紙コップを渡しながら朗らかに笑う。穐津が硬直して動かないので、私が代わりに受け取った。

「実はお仕事なんです。観光ガイドマップの取材で」

「あら、本当？　今はちょうど空（す）いてていい時期なんですよ。お祭りもありますしね」

「お祭りですか」

「そう、昔のひとがここに村を開いた記念でね。山神様に今年も無事に過ごせましたってお知らせするの」

私は女性の肩越しに牡丹（ぼたん）の花を描いた提灯（ちょうちん）がさがっているのを見留めた。

「そちらもお祭りの準備ですか？」

女性は仰（の）け反（ぞ）って後ろを確かめてから頷（うなず）く。

「そう、お山の神様のお花なんですって。ここら辺に牡丹は咲かないんですけどねえ」

私と穐津は赤い毛氈（もうせん）を敷いた長椅子に腰掛け、甘酒を啜（すす）った。

「何故この山に咲かない花が山神のシンボルとして使われているんでしょうね」

「成り立ちから考えて、ここに流れ着いて村を開いたひとたちの家紋だったのかな。平安時代に関白を務めた家も牡丹を家紋にしていたから」

「よく調べてますね！」

「仕事だから」

穐津は目を背ける。

「もしかして、旅行って言われたのを否定したの怒ってます？　あれはそう言った方が通りがいいので……」

　くたびれたような低い声が割り込んだ。

「確かに旅行客にしか見えないな」

　長椅子に影が落ち、見上げると、男性が呆(あき)れた表情を浮かべていた。スーツの上着の布地が余るほど痩(や)せていて不健康そうだが、肌は健康的に日焼けしている。

「江里さん、ご到着してたんですね！」

　私が慌てて立ち上がると、穐津も同時に腰を浮かせる。江里さんはいつもの疲れ果てたような表情でかぶりを振った。

「遅れたのは悪かったが、随分羽を伸ばしているようだな」

「これは聞き込みの一環で……」

　しどろもどろで答えると、江里さんは一瞬穐津を見てから目を伏せた。

「有益な情報はあったか」

「はい。もうすぐ村のお祭りだそうです」

「祭りか」

江里さんは黙り込んだ。彼の故郷、私の父の生地でもある村には領怪神犯がいて、奇祭と呼ぶべき祭りがあったらしい。

過去の資料は少なく、江里さんも語りたがらないが、思うところがあるのだろう。

「呑み終えたら調査に行くぞ。俺は民俗学や神学に明るくないから検分はふたりに頼ると思うが……」

「任せてください！　優秀な後輩がいますから！」

私は励ましも込めて稙津の背を叩いた。彼女は曖昧に礼をする。

「稙津と申します」

「江里だ。宮木と同じエリートらしいな。俺と組まされて不満だろうが……」

「いえ、江里さんは領怪神犯に縁のある土地の生まれだと聞いています。実際に神を目撃した方の見地は大切です」

「俺のことなんかよく知ってるな」

「はい、離婚歴がおありとか」

私は青ざめる。取りなす間もなく、江里さんは舌打ちして「梅村の野郎」と呟いた。

私は話題を逸らそうと頭を巡らせる。

「そういえば、先程の聞き込みによると豊穣の神は牡丹の花がシンボルとされるそうです。何か手がかりになるでしょうか」

「花は詳しくないが……来る途中にそんなチラシをもらったな」

江里さんは上着のポケットから畳んだ一枚の紙を取り出す。

手描きの観光案内を印刷したチラシには、牡丹峠の文字があった。右上に貼りつけられた写真は画素は粗いが、峠というより洞窟の入り口を写したものだとわかった。

牡丹の花のような岩場が段になって折り重なっている。

「だから、牡丹ですか……」

チラシの隅には提灯に描かれたのと同じ、赤い牡丹の花が印刷されていた。

印刷が掠れているため、花弁から赤い斜線が下に伸び、血が滴っているように見えた。

二

牡丹峠までの道のりには、峠とは程遠い吊り橋があった。

黒い木々と剣の峰のような切り立った岩場が連なり、不安定な足場と相まって、冥界を下っているような気持ちになる。真下から響く水音で川が流れているのだとわかるが、遥か下の水面は見えず、壮絶な音を立てる闇が広がるだけだった。

先頭の江里さんは後ろ姿から既に疲れが滲み出ていた。

「全部見なかったことにして帰ってしまおうか……」

「聞こえてますよ、江里さん！」

私は縄でできた手すりを握りしめながら進む。手垢で汚れてベタついた黒い縄は解れた髪を寄せ集めたかのようだった。パンプスの踵が足場の隙間に嵌るたびヒヤリとする。

　穐津は私の後ろで見守っていた。

「大丈夫？」

「はい……やっぱりスニーカーで来た方がよかったですね」

　穐津はふと息を漏らした。

「ここは昔名前通りの峠だったけど、大きな土砂崩れがあって崩落したんだって。過去に何度もそういう天災が起こってる。伝説では、その後に山神の助言で吊り橋をかけたって」

「元々ひとが住むのは難しい環境なんですね」

　私の答えに穐津は沈黙を返した。


　橋を渡り切ると、林を無理に切り拓いたような道が広がっていた。村人が整備したもののようだが、削れた斜面と露出した木の根が、大きな獣が蹂躙した痕に見えた。

　江里さんは淡々と先を歩いていく。

「江里さん、もう少しゆっくりでいいですよ！」

「固まらない方がいい。何かあったとき、お前らが無事なら帰って報告できるだろ」

　私は小走りに進んで彼の隣まで追いついた。江里さんが不機嫌そうな顔をする。

「話聞いてたか？」

「これでも死線は潜ってます。江里さんだけ犠牲にするような真似はしませんよ!」

「父親そっくりだ。いや、あいつなら自分が前に出ただろうな。じゃあ、俺があいつと同じじゃないか、最悪だ……」

彼は靴先についた泥を払うように地面を何度も踏むと、諦めたように私に歩調を合わせた。

道を進むと、急に視界が開けた。

山肌をスプーンで抉ったような洞窟があった。石が折り重なった入り口は苔むし、細く冷たい風が吐息のような音で流れ出していた。

『牡丹峠』と示した木の看板と提灯がある。湿気で濡れた岩が提灯の赤を映して、血塗れかのように見えた。

神聖というより、底知れない闇が滲み出したような薄ら寒さを感じる。

私たちが立ち尽くしていると、ダウンジャケットを着て眼鏡をかけた男性が駆け寄ってきた。

「こんにちは。よかったら、入場料も必要ありませんので!」

元気な声と商売人のような態度に、先程までの不安が解れる。禍々しく思えた洞窟は、観光施設として開かれているらしい。会釈してから切り出した。

「東京から参りました。観光地のガイドマップを作成している者で。お話伺ってもよろしいですか」

「大歓迎ですよ！　嬉(うれ)しいな。僕はここの出身で、大学でもずっと伝承の研究をしてたくらいなんですけど、余所(よそ)の方に興味を持ってもらえることも殆(ほとん)どないですから。資料も少ないんで仕方ないんですけどね」

「そうでしたか」

「誰もやらないんで学芸員の僕が案内人も兼ねてるくらいですよ。その分、解説はしっかりやりますから」

　男性は目を輝かせ、私たちを洞窟へと導く。空気は粘質で冷たく、蛇に巻きつかれたような感覚を覚えた。

　パンプスの底に水が染み込むのを感じながら踏み出すと、江里さんが小さく呻(うめ)く声が反響した。

「何だあれは……」

　彼が指差した方は照明で薄く照らされていた。黄色の粘ついた灯(あか)りの中に、人型のものが浮かび上がる。死体かと思った。

　一歩後退(あとずさ)ると、男性が慌てて駆けてきた。

「すみません、最初はびっくりしますよね！　大丈夫、人形ですから！」

　目を凝らすと、確かに精巧に作られた人形だった。白い和服を纏(まと)い、黒い髪を垂らしている。不気味なのは、飾られているというより、打ち捨てられているような姿で岩場に投げ出されていることだ。

稙津が言った。

「山伏、ですか？」

「そうです。村の開墾に纏わる伝説でして、一言で言うと、村に悪いことをしようとした山伏ですね」

「伝説では、山神がそれを退けるために戦って土砂崩れを起こしたとか」

「その通りです！　その後も何度か災害があって、山神様がまだ村に悪いものがいると思って起こしてるんじゃないかってことで、もう山伏は退治されましたよって示すために置いてるんです。いや、詳しいですね！」

男性は稙津ににじり寄り、村の伝説を早口で捲し立てた。流れるように説明する声が洞窟に反響する。稙津の乏しい表情でも少し困っているのがわかった。

私が助け舟を出そうと思ったとき、江里さんに肩を摑まれた。

「学芸員はあいつに任せておけ。こっちは勝手に調べるぞ」

「でも……」

骨張った手に引き摺られ、私は稙津を置いて洞窟の奥へ進んだ。

洞窟の天井や壁は所々裂け目があり、細い日差しが唾液のように滴っている。突き出した岩は雨垂れに削られて丸くなり、凹凸が獣の口腔のように思えた。

縄で仕切られた道の端に、無数の石灯籠や、鍾乳洞に腹を貫かれて死んでいるような巫女の人形があった。人形の横の立て看板には村を訪れた巫女に関する伝説が記されている。山神は化け物だと嘘をついて、調伏する代わりに村人から金を巻き上げようとしたため、神罰を受けたらしい。

「趣味の悪い洞窟だな」

「村に害を為したひとたちとはいえ、わざわざ死体を人形にして見せつけるのはちょっと怖いですね」

「陰気な場所だ。ろくでもないことを思い出す」

江里さんの低い声が暗闇に吸収された。私は一歩ずつ進みながら、彼の横顔を見上げる。

「話は変わりますが、江里さんと私の父の故郷にも領怪神犯がいたんですよね」

「話が変わってない」

「すみません……それは、父の失踪にも関わっているんですか？」

「何と言えばいいかわからないな。あの頃のことはいろんなことが複雑に絡みすぎてる」

江里さんは陰鬱にかぶりを振った。

「ひとつ言えるのは、お前の親父は領怪神犯に従って何かをやらかした訳じゃない。寧ろその逆だ。逆らって大馬鹿をやらかした」

「そうなんですね……」

私は浮かんでは消える言葉を呑み込む。話で聞く父の姿も輪郭を摑む前に消えてしまう。

何か言おうとしたとき、洞窟に子どもの声が反響した。火がついたような泣き声が、岩の凹凸にぶつかって四方から響き出す。私と江里さんは顔を見合わせた。

「行きましょう！」

「また面倒事に首突っ込みやがって……」

彼がぼやきながらもついてくるのを確かめながら、私は小走りに進んだ。

岩の裂け目から射す薄明かりの中にふたつの人影がある。

ひとつは泣きじゃくる少女で、もうひとつは彼女の手を握る、ひどく痩せた男性だった。私は意を決して飛び出した。

「何があったんですか！」

男性がこちらを向く。染めているのか色素が薄いのか、灰色じみた髪が枯れた蔦のように垂れていた。顔半分は白いマスクで覆われていた。

彼の鋭い眼光に怯みそうになる。胸騒ぎを押し殺して近寄ると、男性は急に眉を下げた。

「この子の親御さんか？」

思いの外気さくな声だった。私が呆気に取られていると、江里さんがうんざりした声を出す。

「どこをどう見たらそう思うんだ」

「何だ、違うのか」

男性は肩を竦めた。少女は泣き止み、彼と私たちを見比べる。

私はしどろもどろで問いかけた。

「あの、何をなさっていたんですか？」

「何って、休憩時間だからここで煙草吸ってたんだよ。そうしたら、女の子が泣きながら走ってくるからどうしたもんかと思ってさ」

「学芸員の方ですか？」

「そうだよ、託児所の職員じゃないぜ」

男性は眉と目を困った形にして苦笑した。

「参ったよな。必ず進路を外れて迷う子どもがいるんだから。じゃあ、お父さんとお母さんを捜しに行くか」

そう言うと、男性は少女を抱え上げた。少女は従順に頷く。

「あんたらも今夜の祭りを見に来たんだろ。楽しんでいきなよ。ひとが多い方がいいからな」

彼はマスクを少し下げて笑うと、少女と共に消えていった。

「あの学芸員、さっきの眼鏡と相性悪そうだな」

「江里さん、聞こえますよ」

私は苦笑してふと視線を脇にやった。

洞窟の壁の一部に大きな亀裂があり、その奥に岩が転がる小さな空間が見えていた。

私は息を呑む。

仄暗い空間には、煙草の吸殻と共に、片方だけの子どもの靴や、夏物の衣類の切れ端、折れた懐中電灯が散らばっていた。

三

私は江里さんに急かされて再び歩き出した。

ゴミ捨て場のように観光客の私物らしきものが散らばるあの空間は何なのか。困惑したまま洞窟を抜けると、纏わりついた冷気が剝がれて、暖かな西日が降りかかった。

入り口には稚津が立っていた。私は慌てて歩み寄る。

「稚津さん、置いていってすみません！」

「別に……」

彼女は微かに不機嫌そうだったが、すぐに目を丸くした。

「宮木さん、背中に何かついてる」

稚津に肩を叩かれて視線を下げると、スーツの上着にべっとりと赤茶けた泥のようなものがついていた。

「本当だ、洞窟でついてしまったみたいですね……」

「考えなしに歩き回るからだ」

江里さんが呆(あき)れ混じりに呟(つぶや)く。私は何度も泥を払ったが、血のように滑(ぬめ)って布地に染み込むだけだった。

穐津が私の袖(そで)を引く。

「貸して」

「大丈夫ですよ、帰ってから洗いますから！　ちょっとみっともないですけどね」

「早く落とさないと。あっちに水場があった」

彼女に引っ張られて洞窟の裏側に回ると、折り重なった岩から湧水が垂れる水場があった。石と石の間に捩(ね)じ込まれた枯れ竹の先端から雫(しずく)が落ちている。

穐津にスーツを剝がされ、冷気の膜がシャツの上から貼りついた。

「自分で洗いますよ！」

私は彼女から上着を引ったくって、細く漏れる水に浸す。穐津の細い指が私の手に重なるように水を掬(すく)って、布地を搔(か)き始めた。

「手が冷えちゃいますよ」

「それは宮木さんも同じ。ふたりでやった方が早いから。スーツは高いし、大事にしないと」

穐津は爪の間に土が入るのも構わず布を擦(こす)り続ける。固まった泥が透明な水に溶けていった。

「穐津さん、すみません」

貴女を警戒していた、今も少ししている、とは言えなかった。

少し離れたところで居心地悪そうに煙草を吹かしていた江里さんが呟いた。

「俺とお前の親父の、故郷の話を聞きたいんだったな」

江里さんは指で煙草を折るように挟んで訥々と語る。

「結論から言うと、殆どなくなった」

「なくなったって……？」

「十年前の地震のせいだ。陸地には被害はほぼなかったが、津波で漁に出ていた漁船は帰らず、浜辺もめちゃくちゃになった。村の名家の人間は殆ど行方不明だ。船の残骸や土が大量に流れ着いて、漁業は廃業になった。若者は出て行って、今じゃ廃村だ」

私は絶句する。江里さんは自嘲の笑みを浮かべた。

「笑えるだろ。領怪神犯に支配され続けた村がそんなことで失くなるなんて。神を鎮める儀式をやらなきゃ何が起こるかわからないと思ってた。だが、廃村になった後も異変の報せが来たことは一度もない。弟を死なせてまでやったことは全部無駄だった」

「弟さんが……」

「ああ、お前の親父と仲が良かった。あいつはずっと弟のことを悔やんでたんだろう。そのせいで生き急いだ」

私は唇を噛む。冷たい水が手の甲を滑り、指先の感覚が失くなっていった。

「村人全員が諦めていた中で、お前の親父は違った。あの男を、切間を連れて村に戻って、儀式に乱入してめちゃくちゃにした。本当に馬鹿だろ」

「すごい、そんなひとだったんですね……」

「向こう見ずで猪みたいだった。お前に似てる」

私は少し口角を上げて応えたが、上手くできたかはわからなかった。

穐津がびしょ濡れのスーツを絞ってから私に渡す。

「ありがとうございます」

「まだ着られないね。早く乾くといいけど」

「大丈夫ですよ！　下山すれば暖かいはずですから！」

石を抱いたように冷たい上着を小脇に抱えたとき、江里さんが私の肩を小突いた。彼は脱いだばかりの自分のスーツを私に押し付けた。

「そんな、お気遣いなく」

「お前に風邪でも引かせたら切間がうるさいんだ」

江里さんは心底面倒そうに呟いた。私は礼を言って、上着に袖を通す。煙草の匂いと体温の名残りが肩を包んだ。

江里さんは煙の向こうに透ける夕陽を睨んだ。

「もっと早く馬鹿をやるべきだった。だから、俺は招集を受けて特別調査課に入った。俺ができることなんて何もないが、ひとりかふたり助かるくらいの誤差は出せるかもしれない。切間はもういないからな」

「切間さんが……？」

私の問いに江里さんは目を見開き、小さな声で言った。

「……あいつは馬鹿をやれない立場になったから、ってことだ」

江里さんは地面に煙を吐きかけるように俯く。穐津はただ沈鬱に目を伏せた。

何か問おうとしたとき、若い男女の言い合う声が聞こえた。

洞窟から出てきた夫婦らしきふたりは私と目が合うなり、バツが悪そうに会釈した。

「すみません、この辺りで女の子を見ませんでしたか？」

「娘とはぐれてしまって……」

洞窟でマスクをした男性に抱えられていた少女のことだ。

「学芸員さんと一緒にいましたよ。親御さんを捜すと言っていたのでもうすぐ出てくるかと」

夫婦は安堵の息を吐いてから再び睨み合った。

「お前がちゃんと見てないから！」

「貴方が手を繋いでたんでしょう！」

気まずい空気の中、穐津が囁いた。

「学芸員さんは私とずっと話していたけど」

「ああ、別の方もいたんですよ」

「こんなところにふたりも……」

こぽりと、岩場から水の泡が弾ける音が聞こえた。割れ竹から湧水が滾々と溢れる。零れた雫は夕陽と泥のせいか、赤黒い血のように見えた。


元来た獣道と吊り橋を辿り、山麓に戻ると、村は別世界のような賑やかさだった。

牡丹を描いた提灯が藍色の空を朱に染め上げ、土産物屋が露店を並べている。通りにひしめく村人や観光客も照り返しで頬を染めていた。

人混みを白装束の女性たちが通り抜ける。何人かは昼間、土産物屋で見た娘たちだ。店番をしていた素朴な姿とは別人のように、衣装と金の飾りに提灯の赤を映して厳かに進んでいる。

「こんなに賑やかになるなんて、すごいですね」

私は周囲の声に負けないように声を張り上げる。穐津が人混みに揉まれながら顔を出した。

「このお祭りは山神に一年の豊作の感謝を伝えるためのものだって。赤提灯は血肉、金の飾りは稲、白装束は神に仕える者を表しているみたい」

江里さんは通行人の肩を避けながらうんざりした声を出す。

「今日は夜七時まで隣村への臨時バスが出るらしい。帰るなら今だぞ」

「まだ調査が終わってませんよ！　穐津さんもお祭りに参加しますよね？」

「うん、調査だから」

「お前ら、遊びたいだけじゃないのか」

穐津が急に足を止めた。通行人の肩にぶつかるのも構わず彼女は立ち尽くす。

「どうしたんですか？」

「あれ……」

喧騒(けんそう)の中、甘い煙と春風に揺れる提灯の間に影が揺らいだ。

穐津が指さした先にいたのは、洞窟で見たマスク姿の男性だった。灯(あか)りの下で見ると、彼の髪が老人のように白いことがわかった。黒髪の頭が並ぶ中で殊更際立って見える。

彼は私を見留めて軽く手を上げた。

「ああ、さっきの」

「お世話様です。迷子の娘(こ)は大丈夫でしたか？」

「両親と会わせたよ」

ふと横を見ると、穐津が壮絶な目で彼を睨んでいた。震える唇から血が滲(にじ)むほど噛み締めた歯が覗(のぞ)く。

「会わせたとは、どういう意味だ」

男性は見せつけるように自分の腹を撫(な)でた。穐津が憎悪の声を吐き出す。

「お前……」

彼女が初対面の相手に乱暴な言葉を使うなんて。私は穐津と彼を見比べた。

「あの、おふたりは……」

男性が乾いた笑いを漏らした。

「こんなところまで来たのかよ。領怪神犯特別調査課だっけ？」

心臓を素手で握られたように鼓動が跳ね上がった。

「何でそれを……」

「知ってるよ。散々神に喧嘩(けんか)を売ったんだ。こっちだってわかるさ」

「まさか……」

肌が粟立(あわだ)つ。脳が理解を拒んだ。容姿も、言語も、完全に人間と見分けのつかない領怪神犯が存在するのだろうか。男性は嘲笑(あざわら)い、マスクを下ろす。

「でもなあ、こっちだって知恵をつけてるんだ。神が本気で対抗したら、人間には何にもできやしないよ。あきつ、お前は充分わかってるだろうけどな」

彼は口を広げた。真っ赤な口腔(こうこう)には無数の歯が何層もの円を描き、牡丹の花弁のように広がっていた。

生温(なまぬる)い風が吹いた。

「逃げろ！」

鋭い叫びで、私は我に返る。男性の姿は消えていた。追おうと踏み出す前に、硬い手に肩を摑(つか)まれた。

「江里さん、今……！」

「わかってる。もう駄目だ。呼び潮の神と同じ……奴は伝承にあったのと同じことを起こす」

彼は苦々しく呻き、雑踏に向かって声を張り上げた。

「お前ら逃げろ！　土砂崩れが起きるぞ！」

江里さんの吠えるような声に何人かが振り返る。

「何あのひと、どうしちゃったの……」

村人の怪訝な視線が突き刺さる。私と亀津は同時に叫んだ。

「そうです、逃げてください！」

「ここにいたら危険です！」

人々は一瞬視線を泳がせ、何事もなかったように背を向けた。

「本当に危険なんです、どうか……！」

江里さんが私を押し止める。

「これ以上は無駄だ。行くぞ」

「待ってください。まだ……」

「お前らまで巻き込まれたら情報を持って帰れない。うちの本質は記録だ。忘れるな」

彼は両手で網を引くように私と亀津を引きずる。和やかな賑わいと灯りが遠のいていく。生暖かい風が提灯を揺さぶり続けた。

江里さんに連れられるがまま、祭りを抜けると、古びたマイクロバスが停まっていた。

江里さんは私と穐津の背を押して車内に押し込むと、運転手に迫った。

「早く出してくれ、土砂崩れが起こる」

「何の話ですか？」

「いいから！」

運転手は困惑気味に腕時計を見下ろした。

「あと二分で出発です」

江里さんは舌打ちして前の座席に腰を下ろした。私と穐津は後ろに座り、車窓を眺める。祭りの灯りが点々と暗闇に散っていた。不穏な胸騒ぎが心臓を打つ。豊穣の神は人間をこの村に定住させ、知恵を授けて繁栄させた。牧場主が家畜を飼い太らせるように。あの洞窟に散らばった遺留物は、豊穣の神が時折食い荒らしていた人間のものだろう。豊穣とは、ここが神にとって豊かな狩場という意味だ。

エンジンがかかり始めたとき、中年の夫婦と小学生くらいの男の子がバスに乗り込んできた。彼らは私を見てから不安げに言葉を交わす。

「土砂崩れが起きるって……」

バスが大きく揺れて発車した。

振動で後頭部が硬い座席に打ちつけられる。そのとき、外から絹を裂いたような悲鳴が轟いた。

私と穐津は身を乗り出して窓に張りつく。祭りの会場の方からいくつもの叫び声が折り重なった。

遠く向こうの暗い山が獣の背のように震え、山頂から麓に向けて、何かが凄まじい勢いで駆け降りる。一拍遅れて土煙が山陵を埋め尽くした。

後ろの席の親子が震えながら抱き合う。ガラスに反射する三人の姿が土煙で掻き消された。窓がピシリと音を立て、小石が弾ける。

運転手は蒼白な顔でアクセルを踏み、速度を上げた。

私は呆然とバスに揺られながら、隣の穐津を見た。彼女は痛みを堪えるように項垂れ、泥で汚れた爪先を睨んでいた。

「また何もできなかった……」

穐津は度々そう言う。豊穣の神にも言われていた。この仕事を続けていると、人間が神に対抗することはできないと思い知らされる。それでもなお、こうして打ちひしがれるほどの何を、彼女は抱えているのだろう。拒むように丸めた彼女の背中に声をかけることはできなかった。

悲鳴と崩落の音が遠のき、車内がエンジン音で埋め尽くされた。

白長の神

RYOU-KAI-SHIN-PAN

There are incomprehensible
gods in this world who cannot be called
good or evil.

序

妖怪退治の伝説なんてろくなもんじゃないよ。

大抵の昔話はとんでもなく強い旅人が訪れて、村人に乞われて恐ろしい化け物を倒して、褒美をもらって帰っていくだろう。

なんでお話が大団円で終わるかわかるかい。旅人はその後の村のことなんて知らないからさ。

考えても見なよ。

村に何十年も巣くっていた化け物だ。村人が一度も倒そうと思わなかった訳がないだろ。ふらっと立ち寄った旅人なんかよりもっと強い奴を鍛えて殺そうと考えたことだってあるはずだ。

そうしなかったのは報復が恐ろしいからだよ。それか、既に試して酷いことになった経験があるからさ。

うちの村にもそういう話がある。

大昔、村には清水の湧く谷があった。地震があったせいで山が崩れて、今は地下の大穴になっているが、昔は擂鉢状の谷山だったらしい。

そこに大百足がいたんだと。

白くて長い、二十四の節がある、巨大な百足だ。

大百足は清水を人間に使わせてやる代わりに、年に一度生贄を求めた。

ある年、村の長者の娘が生贄に選ばれた。何とかして可愛い娘を守りたかった両親は、偶々通りかかった弓の名手に、大百足を討ってくれるよう頼んだ。

旅人は快く引き受け、長者の手を借りながら、一晩の死闘の末に化け物を倒した。

旅人は褒美を受け取って帰ったが、その後、長者の夫婦は大百足の毒によって、背中に大きな瘤が出来て死んでしまった。両親の死を悲しんだ娘は清水の湧く谷に身を投げて後を追ったそうだ。

大団円だと思ったか、それとも、悲劇だと思ったかね。

どっちだっていい。ここに住んでる人間にとってはただのお話じゃ済まないんだ。

うちの村には代々清水の谷を守る役目の家があるんだ。

私がそうだよ。

十三のとき、父親に連れられて地下に降りた。

冷え切った真っ暗な地下で、雫が石を穿つ音しか聞こえない。

私が父に縋りついてもう帰ろうと叫んだら、父は静かにしてよく聞けと言った。

嫌々耳を澄ますと、しゅるりと帯を解くような音が聞こえた。

それからざらついた舌で水を啜るような音、竹箒の先に似た細いものが岩場の壁をかさこそと掻くような音も。

暗闇に目が慣れて、見えてしまったんだ。

真っ白な長いもんが岩場のそこら中を這い回っているのを。

妖怪退治なんてろくなもんじゃない。

もっと恐ろしいことになるに決まっている。そのときは誰に頼れっていうんだい。

一

仄暗い会議室を、テレビの液晶の灯りがぼんやりと照らしていた。

画面は「土砂崩れ」「被害甚大」「電気水道復旧の見込み未だ立たず」の文字が躍る。

青い太枠の中には、頂から麓にかけて巨大な獣が一舐めで抉ったように赤土が露出した山が映っていた。

泥の山に鬼灯のような赤提灯と潰れた屋台の骨組み、目を凝らしてやっとわかる白装束の端が埋もれている。

昨日まで私たちがいた村だ。

私と江里さん、向かいに立つ片岸さんと六原さん、中央に座る切間さんと梅村さん。

皆、葬儀の最中のように俯いて黙り込んでいた。

切間さんがテレビの電源を落とす。

「大惨事だな」

「すみません、私が気づくのが遅れたせいで……」

「宮木、弁えろ。一調査員に責任を問える程度の案件じゃない」

鋭い言葉に私はただ目を伏せる。

片岸さんが一歩進み出た。

「切間さん、宮木の処遇はどうなりますか」

「どうもしない。俺たちが一丸となって対処すべき事案だ。今、貴重な調査員を減らせるか」

片岸さんが小さく息を吐く。

「第一、責任は一番上の人間が取るものだ。江里には今回の事案の報告書をまとめさせた」

切間さんは江里さんに視線を向ける。

「豊穣の神は人間に恵みを与える振りをして定住させ、人口が増えるたびに食い荒らしていた。あの村は奴の牧場だった。それがお前の見解だな？」

「ああ……例の領怪神犯は人間と変わらない見た目と立ち振る舞い、言語能力を有していた。今までの神とは異なる」

「進化していると見るべきか、元々潜んでいた危険な領怪神犯が表に出てきたと見るべきか……どちらにせよ理由の究明が必要だな」

切間さんは溜息を吐いた。

「近年、領怪神犯の活動が活性化し、危険度も上がってきた。それに関して探らせていた調査員がいる。入れ」

低い声が会議室に反響する。一拍置いて、静かに扉が開いた。

現れたのは、三十代くらいの眼鏡をかけた、知的で穏やかそうな男性だった。今まで見たことがない。片岸さんが目を見開く。

「三輪崎さん……？」

男性は眼鏡の奥の瞳を細めた。

「どうも、三輪崎です。ご無沙汰してます。片岸くんも久しぶりやな。元気そうでよかった」

片岸さんは信じられないという顔をした。

彼の名前には覚えがある。知られずの神の調査で補陀落山に赴いたとき聞いた、かつて片岸さんの先輩だった調査員だ。彼は心身を患って休職中だったはずだ。

切間さんは部屋の中央に彼を呼び寄せる。

「三輪崎は健康面の問題で休職していた。本来もっと早く復帰できる状況だったが、特別調査課から離れて独自に動ける駒として働いてもらっていた」

六原さんが瞬きする。

「我々から離れて動くべき理由は何ですか」

「三輪崎からの報告を聞けばわかる」

三輪崎さんは皆の注目の中、ブリーフケースから書類を取り出した。

「切間さんが言ってはった通り、昭和九十六年以降、領怪神犯の動きが各地で活発化してます。同年に何があったか。旧宮内庁と神社本庁の合同組織、日本の神事を司る神義省の大規模な人事異動とそれに伴う記録の編纂です」

「神義省……」

脳の奥に杭を差し込まれたような重い頭痛が走った。

三輪崎さんは静かに続ける。

「ご存知の通り、特別調査課の上層部の大半は神義省の人間で構成されとります。彼らの動きは全部僕らに反映される。事実、九十三年に行われた、一回目の知られずの神の調査の後、神義省からの禁止が出て、五年間再調査ができへんかった」

「では、神義省が領怪神犯の発生と隠蔽に関わっているということですか」

六原さんの言葉に梅村さんが苦笑を返す。

「危ないことをはっきり言うなよ、六原くん。まだ疑いの段階だ」

「お前もだ、梅村」

切間さんは乾いた唇を擦った。

「現段階では双方の関係性は不明瞭だ。だが、調査の必要はある。それと同時に各地の実地調査も継続して行ってもらう。六原、片岸。お前らは三輪崎に協力してもらう」

片岸さんは聞こえるかどうかの呻きを漏らした。

「不満か？」

「いえ、三輪崎さんとの協力に異存は……」

「なら、決まりだな」

項垂れる片岸さんのつむじを六原さんはじっと見つめていた。

「宮木、お前はまた別の村に行ってもらう。危険の早期発見に努めろ」

「はい」

切間さんの張り詰めた横顔は、子どもの頃、私や母を食事に連れて行ってくれた彼とは別人のようだった。


会議室を出ると、蛍光灯の灯りが闇に慣れた目を刺した。

微かな頭痛と眩暈に頭を抱えたとき、軽く背中を小突かれた。片岸さんが仏頂面で立っていた。

「宮木、煙草行くぞ。付き合ってくれよ」

窓の雲を映した銀色の灰皿を挟んで、私たちはベンチに座る。

片岸さんは咥え煙草で資料の束を取り出した。

「それ、三輪崎さんの……」

「ああ。あのひとが復帰してたなんて聞いてなかったぜ。薄情な先輩だ」

「その資料、私に見せていいんですか」

「俺の仕事をバディに半分押し付けて何が悪い。それに、お前の前職はあそこ絡みだろ。俺にない見解を見せてくれよ」

　彼は口角を上げた。どんな状況でも片岸さんは何も変わらず接してくれるのがありがたかった。私は資料を受け取って捲る。

　機械的に羅列された文字は、私でも知っている領怪神犯の記録ばかりだ。違うのは、神が起こした被害に対しての対外的な処置が記されていることくらい。大半は洪水などの理由を付けて報道したことが記されている。

　豊穣の神の村にも同等の処置が施されたのだろう。

　朗らかな土産物屋の女性や、白装束の娘たち、熱心な学芸員を思い出して、胸が痛くなった。

　無意識に、紙を捲る手が止まった。紙面上の違和感のある文字が目に入った。

「どうした？」

「これ、何でしょう」

　私はある文字を指差す。各年の記録の合間に時折見覚えのない文字が挟まっていた。

「応元」「法喜」「平成」「英弘」「令和」「万保」。

片岸さんは難しい顔をする。

「普通に考えたら年号が入る場所だが、聞いたことないもんばっかりだな……」

「何かの暗号でしょうか」

「お前もわからないんじゃどうしたもんかな。他に詳しそうな奴はいるか？　昔の知り合いとか」

私は少し考えてから言う。

「稚津さんならわかるかもしれません」

「あいつか……」

片岸さんは一瞬表情を曇らせてからかぶりを振った。

「まあ、お前が信頼しているならいいだろ」

私は首肯を返す。ふと、先程の会議に稚津の姿がなかったことを思い出した。新人にはまだ招集がかからないのかもしれない。

廊下の先から六原さんと三輪崎さんが進んでくるのが見えた。私は片岸さんに礼を言って席を立つ。

喫煙所を後にして廊下の角を曲がったとき、三人の声が聞こえてきた。

言葉までは聞き取れない、水中で聞いているようなくぐもった声だ。近いのに薄い膜に隔てられて決して触れられない世界から響いているようだった。

役所の中は、窓から射し込む初春の光で暖められた空気がわだかまっていた。

冷たい風を浴びたくて、外の非常階段に続く扉を押す。

穐津が踊り場に背を丸めて座り込んでいた。指先にはタールが重そうな珍しい銘柄の煙草が挟まっている。

彼女は気まずそうに頭を下げた。

「宮木さん、昨日は……お疲れ様」

たくさんの言葉を呑み込んだ後の短い挨拶だった。私は彼女の隣に座る。

「穐津さんこそ。ちゃんと休めましたか？」

「休んでる場合じゃないのにね。私が何もできなかったせいで……」

「穐津さんのせいじゃないですよ！　それに、ちゃんと休んで次頑張ればよりいい結果が残せますから、大事なことです！」

私は努めて明るく言う。穐津は口角を上げた。

「うん、また頑張ろうね」

彼女の口元を覆い隠すような吸い方で忘れていたことを思い出した。

この煙草は切間さんと同じだ。いつものものじゃない。ごく稀に、きっと彼にとっての特別なときに吸っていた煙草だ。

煙の向こうにある世界を眺めているような遠い目は、切間さんも、穐津も同じだ。

心中を覗ける訳でもないのに、私は穐津と同じ方向を見る。

紫煙が、非常階段の手摺り（てす）の間を縫って逃げていく。

ふと、空の向こうを白く長い何かが飛んでいくのが見えた。何処かから飛ばされたタオルかと思っている間に、それは煙の霞（かすみ）に消えて見えなくなった。

二

調査を言い渡された村は、よくあることだが、一見では何の変哲もなく見えた。

アスファルトで舗装された広い道の左右には田んぼが広がっている。ロードミラーが電線と民家のブロック塀を歪（ゆが）めて映した。足を止めて見上げる私の疲れた顔も歪んでいた。

雀が松の木に刺された柿の実を啄（ついば）んでいた。穐津が穏やかな目で呟（つぶや）く。

「長閑（のどか）だね」

「はい、退職したらこういうところで過ごしたいって思うような村ですよね」

「宮木さん、隠居したいの？」

「まだまだ先の話ですよ！」

穐津が少し口角を上げた。

「村も長閑ですし、資料を見る限り、山に生息していた白長の神は大昔に討伐されているようです。何も問題がないように思えますね」

「なかったら私たちは呼ばれないよ。白長の神は二十四の節がある巨大な百足だとか。よく討伐できたものだね」

向こうからトラックがガタガタ音を立てて進んでくるのが見えて、私たちは路肩に避ける。

傷だらけの車体が目の前で停まり、タオルを頭に巻いた老人が顔を覗かせた。

「あれ、村のひとじゃないね？」

口調に排他的なところはなく楽しげだった。私は頭を下げる。

「土地の調査で東京から参りました」

「東京は美人が多いんだなあ」

穐津が無言で目を逸らす。老人はハンドルの下からビニール袋を取り出して私たちに渡した。

「うちで採れた柿、食べてみな」

「いいんですか、ありがとうございます！」

「ここは何もないけど、米と果物は美味いよ。頑張ってね」

老人は満面の笑みを浮かべてトラックを発進させた。

「初対面なのにいいひとでしたね」

私が話しかけても穐津は答えなかった。彼女の視線はトラックの荷台に注がれていた。

「どうしたんですか？」

稙津が指さす。私は目を疑った。

荷台にかけられた緑の幌が微かに盛り上がっている。その裾から白くパサついた毛髪が覗いていた。

呆然としていると、すぐにトラックが停まり、先程の老人が降りてきた。私と稙津は咄嗟に身構える。

彼は笑顔のまま進み、自ら幌を捲り上げた。

小豆色の割烹着を着た老女が身体を丸めて横たわっていた。

「心配してくれたんだよなあ。悪い悪い、うちの女房だよ。畑仕事してたら背中が痛いって倒れちまって」

「そ、そうなんですね……」

私は頰を引き攣らせながら答える。老女は視線を上げ、気まずそうに目礼した。

「隣に座らせようと思ったのに、寝転がりたいって言うからよお。うちに帰って早く寝かせないとな」

老人はまた幌を戻して妻を覆い隠した。

トラックが再び発進し、私たちは顔を見合わせる。

「死体でも運んでいるのかと思った」

「何てことないうんですか。私も少し思いましたけど」

「……今回の調査の依頼人に会いに行こう」

私は顎を引いて頷いた。

黄色と黒のカバーを巻かれた電柱、歯科医の錆びた看板、補助輪付きの自転車が停まった庭。

穏やかな光景を抜けた先に、目的の家があった。

低い塀の周りには猫避けのペットボトルと赤い花の鉢植えが置かれている。

磨りガラスの戸が開き、品のいい中年の夫婦が私たちを手招きした。

樟脳の匂いがする廊下を抜け、玉暖簾を潜ると、ちゃぶ台のある居間が現れた。数十年前から時が止まったような古風な部屋の中で、テレビだけは真新しい。

夫婦は私たちに緑茶を差し出してから、見上と名乗った。

「遠くまでお越しくださりありがとうございます、しかし、何と言えばいいものか……」

「私たちは普通では荒唐無稽と言われるようないろいろな案件に対処してきました。ですから、信じられないようなことでも仰ってください。力になります」

居間に沈黙が広がった。ブラウン管テレビが夫婦の後ろ姿と、棚の青い花瓶や風水の占いのカレンダーを映していた。

棚には他にも、マッサージのツボを記した手首の模型や、湿布と包帯が入った籐の籠などが並んでいる。

私は少し迷ってから切り出した。

「失礼ですが、お家に体調の優れない方はいらっしゃいませんか？」

見上夫婦と穐津が私を見る。夫婦はようやく口の中で転がしていた言葉を吐き出した。

「娘なんです……」

「娘さんが？」

「娘の乙女は高校生なんですが、三ヶ月ほど前に背骨が痛いと言い出して。部活動で痛めた訳でもないし、病院に行っても脊髄に問題はないって……」

私と穐津は視線を交わす。トラックの荷台で寝ていた老女も背中が痛いと言っていた。

穐津が細い声で切り出した。

「心身の問題以外に心当たりがあるんですね」

見上の妻は震える手で顔を覆った。

「祟りです」

「お前、落ち着きなさい」

夫の制止に構わず彼女は続けた。

「信じてもらえないのは承知です。でも、ここでは昔からそうなるひとがいるんです。最初は背骨に痛みを感じて、背中がコブみたいに腫れて、まるで毒虫に刺されたように……」

見上の妻は急に身を乗り出した。茶器が跳ねて薄い緑茶がニスを塗ったちゃぶ台に零れる。

「大百足の祟りなんです！　背中が腫れて歩けなくなったら、もう駄目だって！」

「駄目って……」

「神様の許(もと)にお返しするって、谷があった場所に置いて行かなきゃいけないんです！

そんなのは嫌、乙女はまだ十七歳なのに……」

突っ伏して啜(すす)り泣く妻の背を夫が沈鬱(ちんうつ)な表情で摩(さす)った。私と穐津は目を伏せる。

「乙女さんに会わせていただけますか」


夫婦に案内され、急な角度の階段を上がると、乙女の部屋があった。

美術の授業で手作りしたらしい、ピンクの絵の具で「ノックしてね」と書かれたプレートが揺れていた。

「乙女、話していたお客さんだ。通していいか」

応じる声が聞こえ、扉が開く。窓際に置かれたベッドに髪の長い少女が座っていた。

「お邪魔します。東京から参りました宮木と穐津です」

「遠くからありがとうございます。パジャマですみません。髪もとかしてなくて……」

乙女は恥ずかしそうに笑う。壁には学校の仲間と撮った修学旅行や部活動の写真が貼られていた。潑剌(はつらつ)とした笑みを浮かべる姿と、今のやつれた青い顔の違いに思わず目を背ける。

「こちらこそ急にすみません。背中を見せてもらってもいいですか」

彼女は素直に背を向け、パジャマの裾を捲った。背骨が恐竜の化石のように浮き出し、赤く腫れていた。

「三ヶ月前から、ですか？」

「はい、授業の最中急に痛くなって……」

彼女は小さな声を漏らし、ぎこちない仕草で向き直った。

「お父さん、お母さん、少し出てもらってもいい？」

夫婦は不安げな顔で扉を閉める。両親が去ると、乙女は張り詰めた顔で言った。

「父と母には内緒にしてほしいんです」

「何を？」

「私を……谷に連れて行ってくれませんか」

私は思わず問い返す。

「どうして？」

「村の伝説をご存知ですよね。百足の神様を旅人が倒したせいで、神様が怒って祟りを撒き散らしてるんです。だから、こうなったひとは谷に行かなきゃいけないんです。そうしないと、家族もみんなこうなるから……私が行けば父と母は無事で済むんです」

乙女は泣きそうな顔で懇願する。細い身体に耐え切れない想いが滲むように肩が震えていた。私は少女の手を取る。

「乙女ちゃんが行く必要はないよ。私たちは問題を解決するために来たんだから」

「私たちのこと信じてくれないかな」

「でも……」

「……本当にいいんですか」

「うん、私たちで谷を見てくる。原因が何か調べて解決できるように頑張るから」

私は努めて明るく言う。乙女は震えながら頷いた。

「ありがとうございます。信じます……特別調査課の皆さんのこと……」

私は思わず傍の穐津を見た。穐津は視線だけで応(こた)えた。


見上の家を出てすぐ、穐津が声を潜めて言った。

「特別調査課のこと、言った？」

「いえ……今回の案件を私に回したのは切間さんです。情報を漏らすようなことはしないはずです」

「じゃあ、どこから漏れたのかな。豊穣の神も私たちのことを知っていた」

私は口を噤(つぐ)んだ。特別調査課に不穏な影がさしている。

茫洋(ぼうよう)とした初春の空を見上げると、電柱の陰で白いものが揺らいだ。

蛇のように見えたが、身体が節くれだって動きがぎこちない。白く長い百足(むかで)。

脳裏を過(よ)ぎった瞬間、それは帯を解くようにしゅるりと動いて物陰に消えた。

三

がある。

私は冷水が背筋を伝うような感覚を覚えながら思い返す。どこかで、あれを見たこと

「うん、報告書にあった領怪神犯だ」

「穐津さん、今の……」

穐津は電柱の影を見つめて言った。

「谷には行かない方がいいかもしれない。見上の娘さんが特別調査課を知っていた。情報が漏洩しているなら不測の事態が起こりかねないよ」

「私は行きますよ」

「どうして？」

私は老夫婦からもらった柿が詰まったビニール袋を抱えた。

「私たちは東京に逃げ帰ることができます。でも、ここに住んでいるひとたちは違う。自分だけ安全ならそれでよし、なんて思えませんから」

「宮木さんは優しいいし、責任感もある。そっくりだ。だから、心配なんだよ」

穐津は独り言のように呟いた。

「そっくりって、誰にですか？」

私の問いは、けたたましいエンジン音に遮られた。

先程の老夫婦のトラックが目の前で停まる。タオルを頭に巻いた老人が顔を覗かせた。

「また会ったなあ」

私たちは曖昧に頷く。彼の妻も背中の痛みを訴えていた。ふたりとも白長の神の祟りを受けているとしたら。

助手席に老女の姿が見えた。私は平静を装って聞く。

「もうお加減は大丈夫なんですか？」

「お陰様で。年だから仕方ないのよ。もう湿布も貼ってるから」

彼女は割烹着の襟を下げて、湿布を貼った首と背を見せた。乙女の背中とは違い、コブも腫れもない。

老人は何の衒いもなく笑う。

「心配してくれてありがとうなあ。まだお仕事なんだろ？　荷台でよけりゃ乗っけて送って行こうか？」

私が逡巡している間に穐津が答えた。

「調査で清水の湧く谷に行かなければいけないんです」

「あんなところまで大変だなあ。いいよ、乗りな」

私と穐津はトラックの荷台に乗り込み、隅に溜まった泥から逃げるように身を寄せ合う。折り畳まれた緑の幌に水滴が溜まって、一匹の蜘蛛が雫を啜っていた。

トラックが走り出し、車体が激しく揺れる。音も振動も、真横でマシンガンを連射されているような気分になる。私たちは荷台の縁にしがみつき、騒音に紛れ込ませるつもりで呟いた。

「稚津さん、話したいことがあるんです」

「この状況で？」

「聞こえないくらいでいいんです。情報漏洩ですから」

「……じゃあ、聞こえていないことにするね」

私は高速で左右を流れていく田園を見つめながら、片岸さんから見せられた資料について話した。稚津は振動に揺られつつ、時折しっかりと頷いた。

畦道を抜け、険しい下り坂に差し掛かり、揺れが激しくなる。頭上を覆う黒い木々から葉が落ちて、私の膝に載った。稚津はそれを払って言った。

「それらの年号は、本当にあったものかもしれない」

「どういうことですか？」

「たとえ話だけど、寝る直前に麻酔を打たれて家から運び出されて、一晩の間に家を壊されて、家具も造りも全部そっくりに作り直されて、再び部屋に運び込まれてベッドで目覚めたら、そのひとは気づくかな」

「……気づけないと思います」

「うん。でも、元の部屋を完璧に再現することはできないから、何処かで微細なズレや形跡が生じる。それが、その記録なんだと思う」

私は乾き切った唇を舐めた。突拍子もない話なのにどこかすんなりと腑に落ちた。ずっと前から知っていたことを確かめたような気がする。

「穐津さんのたとえ話と同じように、私たちの知らない間にこの世界の何かが変わっているということですか。歴史ごと全く別のものになってしまうような……」

私は答えない穐津に畳み掛ける。

「領怪神犯が関わっているんですか？　それとも、特別調査課の上部組織である神義省が？」

「私にはこれ以上言えない。宮木さんが自分で辿り着いてほしい。知るべきかはわからないけど」

穐津は後方の泥道に続くトラックの轍を見つめた。

私は荷台の縁を握る。

「神義省が関与していたとして、そんな神を人間が利用できるものなんですか⁇」

「そう難しいことじゃないよ。古来、神はこんな山そのものが神体とされて、境として山麓に鳥居があるくらいだった。それが、神社が造られるようになって、神は人間の生存圏の狭い場所に閉じ込められた。いや、人間が閉じ込めたと思い込んでるだけかな」

トラックのタイヤが石を踏んで、突き上げるように荷台が跳ねた。振動が止まる。運転席から老人が身を乗り出した。

「着いたぞぉ、谷にはここから下りられるよ」

私たちは荷台を降り、何度も礼を言った。夫婦が優しく笑う。

「暗いから気をつけな」

「大変よねえ。見上さんに言われてきたんでしょう？」

私は硬直する。

「何故そう思うんですか？」

夫婦は顔を見合わせて言った。

「だって、この谷の権利を持ってるのは見上さんだものね」

「そうだよ。昔、見上の家は神社だったから今もここを管理してくれてるんだ」

トラックが去っていく。けたたましい音が谷底の静寂に呑まれた。

「見上さん、そんなこと一言も言ってなかったよね」

「はい。それに、ここまでの道のりは長らく誰も通っていないように見えました。祟られたひとを谷に置いていく風習があるなら、もう少し形跡が残ると思います」

もし、疑念が正しければ、見上たちが私たちに嘘を教えていたことになる。しかし、単純に彼らが私たちを騙そうとしているようには思えなかった。あの家族は真剣に救いを求めている。穐津は私の意思を確かめるように視線を流した。

「行きますよ。真実を確かめましょう」

「罠かもしれないよ。さっき電柱の陰にいた白い百足、東京でも見かけた」

「穐津さんも気づいていたんですね」

「豊穣の神のように、私たちを監視して誘き寄せているのかもしれない」

私はかぶりを振る。

「だったら、尚更行きます。あのときみたいに被害を出すのは御免ですから」

穐津は無言で目を伏せた。


私たちは岩に覆われた坂道を下った。一歩進むごとに光が薄れる。暗闇に浮かぶ岩の輪郭が、積み重なった頭蓋骨を思わせた。

足を取られないよう、両脇の石に手をついたとき、手の甲をぞわりとした感触が撫でた。節足動物が横切ったように。私は唇を噛み締め、不安を押し殺して進む。片岸さんがいない今、私がしっかりしなければ。彼は民間人に被害を出すような失態はしなかった。

坂道が終わり、爪先が平板な石を踏んだ。

辺りを見回すと、長年の風雨に削られた石の柱が頭上の闇を突き上げる、暗渠のような空間だった。

何処からか雫が垂れて石を打つ音が響く。それに混じって何かを擦り合わせるような音が響いてきた。かさこそ、かさこそと、鼓膜をくすぐられているような不快な音。

暗闇に慣れた目が音の正体を捉え、喉から呻きが漏れた。黒い闇に無数の引っ掻き傷を作ったように、ひとの背丈ほどある白く長いものが沢山這（は）い回っている。

「百足（むかで）……」

「違うよ。宮木さんもわかっているでしょう」

私は頷く。あれは、東京で見たものと同じだ。

「ずっと気になってたの。何故伝説の大百足はわざわざ二十四の節があると記されていたのか」

穐津が暗闇を睨（にら）んだ。

「そろそろ出てきたら」

岩柱から細い人影が覗いた。ひとつ、ふたつ、みっつ。

「何でわかったの……」

乙女を先頭に見上夫婦が立っていた。

私はかぶりを振る。

「どうして……」

「神様が、特別調査課のひとたちを連れてくれれば見逃すって」

「私たちは神を調査して、原因を……」

見上の妻が金切り声を上げた。

「それだけでしょ！　調べて終わり、他に何をしてくれるの！」

たじろいだ私を、乙女が敵意の滲（にじ）んだ瞳（ひとみ）で睨んだ。やつれた顔の眼窩（がんか）から双眸（そうぼう）が零（こぼ）れ落ちそうだった。

「助けてくれる気があるなら、代わってよ」

　私の代わりに穐津が言った。

「できない。私たちは記録を持ち帰らなければいけないから」

「嘘つき」

　乙女が身体を痙攣させた。薄い腹がぼこりと抉れる。彼女の首筋から、虫が蛹を破って羽化するように何かが突き出した。

　何故伝説は終わらなかったのか。何故大百足は生贄を求めたのか。何故祟られた者は背中が腫れ上がるのか。二十四の節は、あるものの数と同じ。

　白長の神の神体は、人間の背骨だ。

「乙女！」

　夫婦の絶叫がこだました。降り注いだ雫が額から頬を伝う。水より粘性が高く、温かく、黒かった。

　闇の中で崩れ落ちる乙女の身体と、首筋から白く長いものがしゅるりと出て行くのが見えた。

　穐津が私の手を摑み、一気に駆け出す。

　岩の隙間からぞばっと白い虫が這い出した。夫婦の悲鳴と、柔らかいものや硬いものを削る音が聞こえる。

稲津に引き摺られて走る私の後ろを、かさこそと無数の足音が追った。

　岩場から薄く射した光が、私の身体に垂れる乙女の血を照らす。赤い百足が這っているようだ。

　最悪の結果になった。稲津ひとりならもっと上手く立ち回れただろうか。片岸さんが
いれば何か違っただろうか。

　私たちは捻れた道を駆け上がり、果ての見えない岩の迷宮から飛び出した。

　辺りは谷底と同じくらいに暗くなっている。私は呼吸を整え、血塗れの顔を拭った。

いつの間にかパンプスが片方脱げて裸足になっている。

「すみませんでした……」

「宮木さんは悪くないよ」

「悪いですよ。何もできないどころか最悪の結果になって……私が来なければ……」

「見上家は遅かれ早かれああなっていたよ。白長の神は私たちを誘き寄せるために乙女
を人質にとった。祟りなんて嘘。他の村人には何の被害もなかったでしょう」

「私たちを誘き寄せて殺せば、乙女ちゃんが助かると思ったんですね……」

「そう。でも、私たちの仕事は生贄になることじゃない」

　鮮明なヘッドライトの灯りが闇を切り裂いた。

　私たちは目を細める。獣道の向こうにあのトラックが停まっていた。

　老夫婦が降りてきて声を上げた。

「どうした、大丈夫かあ？」

「あら、怪我してるじゃない！」

私は慌てて表情を繕う。

「どうしておふたりがここに？」

老人が笑顔でビニール袋を持ち上げた。

「柿、車に忘れていっただろ」

「あなた、手当ての方が先ですよ」

眩しいライトが夜闇を塗り替えていき、私は泣きたくなるのを堪えて、精一杯頷いた。

火合う神

RYOU-KAI-SHIN-PAN

There are incomprehensible
gods in this world who cannot be called
good or evil.

序

炎は古来世界各地で信仰の対象とされてきた。

火炎崇拝は拝火教と呼ばれるゾロアスター教に結びつけられがちだが、厳密にはその聖典アヴェスターには炎そのものを信仰対象として記されている訳ではない。

それより昔、紀元前五百年頃、インドで編纂(へんさん)されたヴェーダでは、火神が神々と人間の仲介をすると信じられ、この流れはヒンドゥー教から大乗仏教にも継承され、神道でも護摩の護(まも)りとして受容されている。

日本の火炎崇拝として代表的なものは竈(かまど)神だろう。

不浄を嫌い、清浄を好む竈神は、炎の性質と密接に結びつき、民間でも囲炉裏で髪や爪を燃やす行為や、囲炉裏の近くでの性交渉を避けるなど暮らしに根づいていた。

しかし、炎は一切の汚れを持たないものとして信仰されてきた訳ではない。

例えば、神祭の中心的な役割を果たす頭屋が禊(みそぎ)の後に忌避すべき死、出産、肉食などの穢(けが)れには「合い火」の字が当てられる。

また、火事も焼亡の触穢(しょくえ)として忌避の対象であり、火事にあった者は物忌を経た後でなければ宮廷に入れず、出火元の屋敷は社会的制裁を受け、焼けた瓦や釘なども土に一定期間埋めなければ用いることが許されなかった。

延喜式にも「失火の穢れ」との記述があるなど、古くから火事を穢として扱う意識が根付いていることが窺える。

儀式用の篝火や竈と、火事の違いは、人間の支配下に置けるかどうかだ。

人間が暮らしや神祭に用いる間は清浄なものである炎も、ひとたび手を離れれば人命を奪う疫病と同じ、穢れの対象になる。

昨今、オカルトマニアの間で「炎男」「火炎怪人」などの呼び名で囁かれる都市伝説も、火の恐れがもたらす穢れの概念に極めて近いものだと筆者は愚考する。

弊誌が昨年末の特別号で特集した際は、噂の蒐集に止まるものだったが、今回は一歩踏み込んで考察してみたい。

注目したいのは、炎男の出没地だ。噂は墨田区、江東区などの東京下町が中心である。また、特徴として、本来神聖な場であるはずの明治神宮や浅草寺などの宗教施設でも出現の記録があることにも留意したい。

これらの情報から想起されるのは、東京大空襲だ。

墨田区、江東区は被害の中心地であり、前記の明治神宮なども被災したことは周知の事実である。

炎男は、東京に根強く残る、焼亡の触穢としての炎への恐怖の具現化と考えられないだろうか。

また戦後が遠くなった今、それが再び現れた理由として、昨今の冷戦の激化に伴う不安にも目を向けたい。

オカルトマニアの端くれである筆者は、弊誌が怪奇現象を一種のファンタジーとして変わらず扱っていけるよう、平和を願うばかりである。

月刊オカルト雑誌『テリブル日本』※現在廃刊
昭和八十三年三月号「東京の都市伝説」特集、「続・怪奇!東京に潜む炎男」より
筆者:冷泉葵(れいぜいあおい)

一

この仕事についてから、全てを見る目が変わった。

土地も、暮らしも、ひとびとも。

電車の窓に夏山と鳥居が映ったとき、神社の夏祭りに向かう浴衣(ゆかた)姿の親子を見たとき。何の変哲もない風景に、善悪も人智も超えた神が潜んでいるのを想像してしまう。

私が気づかないだけで、この国は昔からそうだったはずだ。私自身が変わっただけ。

こうして見る切間さんの横顔も、子どもの頃、ラーメン屋の座席で見たものとは別物

になってしまった。

「白長の神と見上家、いずれも狙いは特別調査課か」

切間さんは会議室の机の上で腕を組む。

「見上家の娘さんは白長の神に祟られ、私たちを連れてくれれば見逃すと言われたそうです。結果は……」

「お前らの仕事は生贄になることじゃない、記録を持ち帰ることだ」

「はい……」

そう答える私の脳内に、岩場に反響した絶叫と温かい血の雨が生々しく蘇る。まだ鼓膜の裏側で白い百足が這い回っているようだ。

切間さんは硬い表情のまま言った。

「いくら領怪神犯と関わりがあるとはいえ、一般人が俺たちの情報に辿り着けるとは思えない。宮木、お前はどう見る？」

「突拍子もないと思われるかもしれませんが……領怪神犯が私たちを脅威に感じて排除しようとしているのでは」

「俺も同意見だ。領怪神犯の報告が増えたのは九十六年以降。俺たちが本格的に知られずの神の調査を始めてからだ」

「では、全ては知られずの神が仕組んでいるということですか」

「……いや、知られずの神にそんな力はない」

「でも、あの神の全貌は殆どわかっていません。私たちが把握していないだけで、可能なのではありませんか」

「それはない。悪いが、これ以上はお前にも言えない」

切間さんは僅かに唇を噛む。私が父について尋ねたときと同じ顔だ。古傷が疼く痛みを堪えるような顔を見て、私はそれ以上聞けなかった。

切間さんはポケットから煙草を出し、中身を出さずに箱の縁をなぞった。

「そういえば、穐津はどうした」

「今日はまだ会っていません。連絡先も知らなくて」

「そのくらいの距離を保て。奴は俺を介さず、神義省から直接配属された。出自も不明なところが多い。信頼しすぎるのもよくないだろう」


私は会議室を出て、暗い廊下を進んだ。

私の中で不安や混乱が膨れ上がっていくのに、身体の真ん中には穴が空いて、何かが絶えず零れ落ちていくように感じる。

ふと、焦げくさい匂いが漂った。

廊下の突き当たりには喫煙所がある。でも、これは紫煙というより何かを燃やした後の匂いだ。火の不始末かもしれない。

私は資料片手に煙草を吸う片岸さんが、よく紙面に灰を落としかけていたことを思い出した。彼に会って話をしたくなる。

足を進めると、喫煙所の方から潜めた声が聞こえた。

「穐津さんは今の段階では呼ばん方がええな」

「皆警戒しすぎじゃないですか」

「神義省の人間だ。当然だろう」

最近復職した三輪崎さんと、片岸さんと六原さんの声だ。

「それと、片岸くんには悪いけど、宮木さんにも会わん方がええ。あの子も同じじゃろ」

心臓を直に殴られたような衝撃を受け、足が止まる。三輪崎さんの疑念は正当だ。私が彼の立場でもそう思う。

いっそ、私が神義省で知ったことを覚えていれば、疑いを覆せるくらい力になれたかもしれないのに。何もない肩に無力感だけが募る。今日ここに来なかった穐津も、私と同じ気分でいるのだろうか。

片岸さんがはっきりと答えた。

「宮木は信頼できますよ。自慢じゃないが、俺は何度か規則を破って私情で調査を行った。上層部の息がかかった人間ならとっくに俺を見捨ててるはずだ。でも、宮木には何度も助けられました」

私は立ち尽くしたまま胸を押さえる。視界が滲んで、パンプスの爪先に反射する蛍光灯がプリズムのように砕けた。

「まあ、片岸くんが言うなら……」

三輪崎さんの声に重ねて、六原さんが言った。

「だそうだ。もう出てきていいぞ」

私は再び呆然とする。慌ただしい足音の後、廊下の隅から三人が現れた。

私は咄嗟に馬鹿みたいな笑顔を作ったが、上手くできたかはわからなかった。

「どうも、今来たばかりで……何のお話ですか？」

片岸さんと三輪崎さんの気まずそうな顔で、上手くできなかったことがすぐわかった。

六原さんだけはいつもの無表情だった。


私たちは薄暗く冷たい空気が漂う、霊安室のような書庫に集まった。

三輪崎さんは背表紙にラベルのないファイルが並ぶ棚に背を預け、溜息をついた。

「領怪神犯が僕らを狙っとる。そんで、いろんな神をけしかけてる……その元凶が切間さんの言ってはったもんやろか」

「切間さんが？」

「この際言ってしまうけど、僕が調査を任されたんは神義省そのものやない。あそこが抱えとる神についてや」

私と片岸さんは同時に息を呑んだ。片岸さんが裏返った声で言う。

「待ってください。じゃあ、切間さんは東京の中心部に領怪神犯がいて、神義省がそれを利用してると思ってるんですか」

六原さんが能面のような顔で答えた。

「有り得ない話じゃない。人間がいるところに信仰は生まれる。最もひとが集まる東京に領怪神犯がいないと考える方が不自然だ」

「あんた、簡単に言うけどな……」

「古くは天皇の権威付けに神が利用された。現在の首都で同じことが行われているなら、その神はとてつもない力を持っているだろうな」

片岸さんが絶句する。

私は小さく手を上げた。

「それ、私が穐津さんから聞いた話と関わりがあるかもしれません」

「穐津から？」

「はい。詳しくは聞けませんでしたが、世界の歴史を丸ごと改変するほどの力を持った神がいるのではないかと言っていました」

「何だよ、それ……」

三輪崎さんが自分の唇を指でなぞる。

「信じたくない話やけど、仮にそうだとしたら、片岸くんに見せた資料の妙な年号や年代のズレも納得いくわ……ああ、後で宮木さんと穐津さんにも見せなあかんね」

私と片岸さんは目を逸らした。既に見たとは言わないでおく。

「でも、それやったら、実際に神が何かしらやったとしても、僕らには気づけへんやろな」

「資料に残された僅かな違和感から探していくしかありませんね」

「僕の他にも切間さんから調査を任されたひとがいてるらしい。連絡してみよか」

私は三輪崎さんに首肯を返す。

「私も資料を探してみます。片岸さんはどうしますか？」

「俺は元々神道も民俗学も素人の範疇だからな。いつも通り足で稼ぐか。まずは穐津を捜そうぜ」


私と片岸さんはふたりに会釈して書棚の間を抜けた。静まり返った書庫に暖房が駆動する音が響き、温風が埃の匂いを巻き上げる。

背後から三輪崎さんの声が聞こえた。

「しかし、そないな神が僕らを睨んどるとして、太刀打ちできるんやろか。知られずの神の調査もろくにできてへんのに」

「できなくてもやるしかない」

六原さんが静かに答えた。

「妹に続いて義弟も奪う気なら、神でも地獄に堕ちるべきだ」

片岸さんが口をへの字に曲げた。

「好き勝手言いやがって……」

無機質な書庫を歩みながら、片岸さんは独り言のように言う。神義省の神について何か知ってるか？

「宮木、答えられないなら無理に答えなくていい。お前、たまに変なこと口走ってたよな。第三次世界大戦とか」

「……知っていたと思います。でも、思い出せないんです」

「そういうことにしておくか」

「違うんです！」

私は思わず声を上げた。片岸さんが足を止めて振り返る。

「すみません。知ってれば協力できたのにと思ってます。私が疑わしいのも自覚してます。でも、自分で嫌になるくらい何も思い出せないんです……」

彼は穏やかな目で私を見下ろし、肩を叩いた。

「働きすぎで呆けたんだな。だったら、しょうがねえ」

温かい手だった。片岸さんはふと目を丸くし、私の肩を叩いた手の平の匂いを嗅ぐ。

「……臭かったですか？」

「いや、お前煙草吸わないよな？」

私が頷くと、彼は眉間に皺を寄せた。

「焦げたみたいな匂いがした」

火気のないはずの書庫に、煤が漂うような匂いが鼻をついた。

二

穐津はとうとう一日現れなかった。片岸さんは「研修期間中に無断欠勤とは期待の新人だ」と笑っていた。

帰路に就く間、私はわざと賑(にぎ)やかな商店街を通った。飲み屋の赤提灯(ちょうちん)のとろりとした灯(あか)りが夜闇を溶かし、バスロータリーを行き交う学生が本屋の袋を片手に笑い合っている。

水面下で何が起きていても、ここだけは平和に見えた。

自宅のマンションに着き、階段を上る。切れかけの蛍光灯に虫がぶつかり、明滅した。私はふと足を止めて今来た道を振り返る。階段に泥まみれの靴跡がついていた。擦れたような黒い跡は、私の踵(かかと)に続いていた。

私は靴を脱いで裏側を確かめる。劣化していたが、汚れてはいない。踊り場に焦げたような匂いが漂った。この跡は泥ではなく、煤だと思った。

翌朝、出勤するまで気が晴れなかった。鼻腔(びこう)に煤の匂いが染み付いているような気がする。

私は努めて平静を繕い、書庫を訪れた。スチールの書棚の間に、昨日のメンバーと、見慣れない男女がいた。三輪崎さんが私を見留めて手を振る。

彼らが昨日聞いた、切間さんから神義省の調査を任されたふたりらしい。

色白でループタイを結んだ、中性的な男性が会釈する。

「深川です。元は文化振興局にいたけど、歴は片岸さんと同じくらいかな」

隣にいた長身の女性が朗らかに笑った。髪で隠した耳朶にピアスが三つ並んでいた。

「元オカルト雑誌記者の墨田です。雑誌にはあることないこと書いたけど、こっちの調査はちゃんとやってるから心配しないでね！」

私は礼を返す。和やかな空気だが、どこからか滲み出す煤の匂いが強くなった気がした。

深川さんがブリーフケースから資料を出す。

「まず僕から。神義省と領怪神犯の関わりについて調べる上で気になった点があるんだ。これは神義省のある場所の入場記録だけど……」

六原さんが口を挟む。

「ある場所とは？」

「表向きは書庫ということになっているけれど、違うと思う。この入場記録の日時と、領怪神犯についての記録で誤謬があった調査日がほぼ一致してるんだ」

「ここで記録の改変が行われたということか。もしくは、記録以外のものの改変か……」

「正直、歴史を改変できる神がいるというのはまだ信じてないよ。それより、もっと気になることがある。これを見て」

深川さんが紙面を捲り、最後の頁で止まった。細い指がさす文字を見て、私は声を漏らす。入場記録には、切間蓮二郎の名前があった。

「切間さんが、どうして……」

「この記録を根拠にするなら、彼も神義省や記録の改変と関わっていることになる」

私は混乱する頭で必死に言葉を紡いだ。

「そんなはずないですよ。だったら、何故三輪崎さんたちに調査をさせたんですか？」

「罠にかけようとしてるのかも」

「罠って……」

「彼から調査を言い渡されたメンバーが何人か消息を絶っているんだ。記録ごと消えているひともいる。僕は切間さんを全面的に信用してる訳じゃない」

言葉を失う私に、深川さんは冷然と首を振った。生温い書庫の温度が急速に下がっていくように感じた。

三輪崎さんが独り言のように呟く。

「そんなら、東京のど真ん中におるのは別の神やないですか」

「どういうことです？」

「もしかしたら、切間さんは神義省の神については既に摑んではるのかもしれん。その上で、調査員の失踪に関わる別の危険な神の存在を摑んで、僕らに調べて欲しがってる

ん と違うかな」

「流石に無理筋ですよ」

深川さんは不服そうに黙り、ループタイのカメオを弄んだ。

墨田さんがあっと声を上げた。

「これ、何かの手掛かりになるかしら」

彼女が鞄から取り出したのは、くしゃくしゃの紙だった。古い雑誌の切り抜きのコピーだ。大きく記された「続・怪奇！東京に潜む炎男」の見出しとフォントが旧時代的だった。

片岸さんが乾いた笑い声を漏らす。

「墨田さん、何ですかこれは」

「私がライターをやってた雑誌社で出版されたものよ。『テリブル日本』ってオカルト誌。二十年前に廃刊になって、今は『ワンダーテリブル日本』って名前で復刊されたの。これは旧版の頃の記事ね」

「すごい名前から更にすごい名前になったな」

「『テリブル日本』は今ほぼ現存してないけど、この切り抜きだけは切間さんが持ってたのよ。眉唾ものの三文記事にも領怪神犯の情報が隠されてるって」

墨田さんは切り抜きを広げて見せた。

一見よくあるオカルト雑誌の特集だが、古今の宗教や民間信仰まで詳しく調べられていた。

記事によれば、当時の東京で炎男と呼ばれる怪異が目撃されていたらしい。

後半で述べられている、東京大空襲と都市伝説の関連は、私たちが領怪神犯についての調査で行う考察に近いものだった。

三輪崎さんが感嘆の声を上げる。

「よく調べてはりますね。このライターさんに連絡を取れへんやろか」

墨田さんは首を横に振った。

「雑誌社でもこっちでも調べたけど全く消息が摑めないのよ。あの頃は時代的に緩いから記者の失踪なんてよくある話だったしね」

片岸さんは難しい表情で文末の記者名を読み上げた。

「冷泉か……」

「片岸くん、何か知ってるん？」

「いや、何でもないです」

片岸さんはそれ以上答えなかった。

深川さんがまだ納得のいっていない顔で呟く。

「オカルト雑誌の記事ごときを手掛かりにするのは気がひけるな」

「あら、喧嘩売ってる？」

「墨田さんに言ってる訳じゃないよ。ただ、これだけで領怪神犯と見なすのは早計だ」

六原さんが淡々と割り込んだ。

「俺はそうは思わない。この記事の通り、火と神は密接な関係がある。特に日本神話で多くの神を産み出したイザナミの死因となったのも火の神だ。イザナミの死は夫であるイザナギの冥界下りや、人間の生死、穢れの発生にも繋がる。強大な領怪神犯として東京の中枢に潜んでいても不思議はない」

「どうでしょうね。問題なのは、この神を調査していた者の失踪だ。それが神によるものか人為的なものか。より踏み込むなら最も僕達が危険視すべきなのはそこですよ」

私は少し迷ってから言った。

「領怪神犯の記録を網羅するほど記憶力のいい調査員を知っています。彼女に全貌は明かさず、それとなく聞いてもいいでしょうか」

「どうぞ、その方を信用できるなら」

深川さんは肩を竦める。片岸さんは大きく溜息を吐いて肩を回した。

「いちいち突っかかるなよ。それじゃあ、また穐津捜しの旅だな。ついでに煙草吸ってくる」

私と片岸さんが喫煙所に着くと、墨田さんが現れた。

「ご一緒していい？」

「どうぞ」

ガラス窓を背に三人で灰皿を囲む。墨田さんは外国のタールの重い煙草を吸いながら微笑んだ。

「ごめんね、深川くんピリピリしてたでしょ。失踪した調査員には彼と仲が良かったひともいるの。それで、切間さんと関係のあるひとには強く当たるみたい。宮木さんは関係ないのにね」

「いえ、お気持ちはわかります」

「切間さんからあの切り抜きをもらうとき、ちょっと聞いてみたの。記者の冷泉さんのこと何か知ってるみたいだったから。結局教えてもらえなかったけど、何でかな、悪いことを隠してるとは思えないのよね」

「私もそう思います。切間さんは私たちを巻き込まないようにしたくて、でも、探らなきゃいけないこともあって、それで苦しんでるように見えます」

「よかった。彼にも理解者がいて」

墨田さんは髪を搔き上げた。三つのピアスが鈍く光った。

それから、彼女は腕時計を見た。

「いけない、報告書の提出があるんだった。またね」

彼女は半分残った煙草を灰皿に放り込み、慌てて駆けていく。

「慌ただしいひとだな」と片岸さんが苦笑した。私も笑みを返そうとして、硬直した。

墨田さんがもたれていた壁と窓ガラスに、人型の黒い汚れが染み付いていた。

まるで、今さっきまで焼死体が置かれていたように。

煤の匂いがこびりついている。役所に漂っているのか、私に纏わりついているのかわからない。

三

翌日、書庫に着くなり、深川さんが険しい表情で詰め寄ってきた。

「何か知っていますか」

突然の言葉と剣幕に私が狼狽えていると、片岸さんが間に割り込んだ。

「急に何だよ。それじゃ何もわかんねえよ」

「昨夜から墨田さんと連絡が取れないんだ。最後に会ったのは君たちだろ」

「墨田さんが……」

喫煙所に残った人型の煤が脳裏を過ぎる。

深川さんは一瞬憎悪の視線を向け、すぐに表情を打ち消した。

「君たちに話したのが間違いだった。僕個人で調べる。切間さんに聞かれたらそう伝えてくれ」

「待てよ、冷静に……」

彼は片岸さんの制止を振り切り、私に身体をぶつけて去っていった。

「何て奴だよ……大丈夫か？」

「全然大丈夫ですよ。それより墨田さんと深川さんの方が心配です」

私は硬い衝撃が残る肩を摩る。指先から焦げた匂いがした。手の平に黒い煤が線を描いて、私は思わず後退った。

「どうした？」

片岸さんは私の手を見て、目を見開く。私はスーツの裾に汚れを擦り付けながら言った。

「片岸さん、一緒に喫煙室に来て、確認してほしいものがあるんです。私がおかしいのかどうか、もうわからなくて……」

喫煙所の壁には茫洋とした黒っぽいしみの跡があった。清掃員が拭き取ろうとしたのか、昨日より薄れていた。いるはずのない誰かの影だけが差しているように見える。

「昨日、墨田さんのいたところです。それから、私のマンションの階段にも同じものが……」

「例の炎の領怪神犯ってことか？　だとしても、役所や調査員にまで影響が及ぶなんて今まで……」

片岸さんは沈鬱に呻き、私の肩を叩いた。

「宮木、これ以上関わるのはよせ。何があるかわからない。深川にも調査を止めさせる」

「でも……」

廊下の隅から靴音が響き、私たちを捜しに来たのか、六原さんと三輪崎さんが顔を覗かせた。

「葬式帰りのような顔だな」

「年中喪中みたいなあんたに言われたくねぇよ……」

片岸さんが悪態をつく。三輪崎さんが柔和に微笑んだ。

「隣ええかな？」

「勿論です……六原さん、あんたは吸わねぇだろ」

「宮木も喫煙者ではないはずだが」

片岸さんは舌打ちすると、私の方に身を寄せて空間を空けた。

紫煙が窓外の東京を霧の都のように霞ませる。私たちの話を聞いた六原さんは、静かに言った。

「あれから例の切り抜きの記事に近い年代の領怪神犯で炎に関わるものを調べた。ふたつあったがいずれも問題なしと処理されている」

「ふたつって？」

「ひとつは火中の神。これはある村の中でしか権能を持たないらしい。もうひとつは東京下町で観測された火合う神だ。これが炎男の正体だろう」

「その特性は？」

「ただ人型の炎が巷を彷徨っているという記録だけだった。怪談の幽霊にも及ばない」

「善でも悪でもない、まさに領怪神犯だな」

片岸さんは眉間に皺を寄せる。

六原さんは独り言のように呟いた。

「貴きも賤しきも善も悪も、死ぬればみな此ノ夜見ノ国に往」

「何だって？」

「古事記伝だ。善人も悪人も死ねば皆黄泉の国に行き、世の中の悪いことは全て黄泉の国の穢れから来ているのだと」

私は黙り込む片岸さんに代わって返す。

「昨日六原さんが言っていた穢れの話ですね。イザナギが冥界下りから帰って祓った穢れが、この世の穢れを司る禍津日神になったとか」

「そうだ。穢れは悪ではなく、病や怪我、死など避けられない凶事を指す。俺たちから見れば悪いことでも、神にとっては必然の結果だ」

片岸さんは煙草を指に挟んで六原さんを睨んだ。

「何が言いたいんだよ。だったら、墨田や消えた調査員は神にとって穢れだったとでも言いたいのか？」

「まさか。ただ何の特性もない神に見えても、俺たちに計り知れない権能があるかもしれないと思っただけだ」

「……あんたいつも回りくどいんだよ」

三輪崎さんが細い煙を吐いて苦笑した。

「話聞いてて思うたんやけど、火合う神と知られずの神は何かしら関係があるんやろか」

「どういうことですか？」

「知られずの神の周りでは失踪(しっそう)事件が起こっとる。火合う神について調べた調査員が消えとる。何や繋(つな)がってそうや思うて」

彼は眼鏡の奥の瞳(ひとみ)を鋭くした。

「三人とも知られずの神を調べて、どう思いました？」

片岸さんはかぶりを振る。

「どうって何も……」

「何もなかったんやなく、あったことを覚えていられんと違うんかな」

私は息を呑(の)む。頭の中に空いた空洞に冷たいものが流れ込んだ気がした。

「僕は任務の後、もう一度個人的に調査に行った。そんで、補陀落山の旅館を訪れたとき、お客さんが記念に書き込むノートみたいなもんがあって……そこにな、自分の字で四回目って書いてあったんや。それから、僕はおかしゅうなってしまって、そんで休ませてもらったん。あのまま補陀落山にいたらどうなっとったんやろな」

「……知られずの神は人間の記憶を消す神だということですか」

「わからへんけど、その線はあると思う」

六原さんの視線が刃物のように尖(とが)る。彼がこれほど表情を変えるのは初めてだった。

傍の片岸さんが蒼白な顔で唇を震わせた。

「だったら、宮木の記憶が消えたのは俺のせいじゃないか。俺が調査に付き合わせた……」

私はかぶりを振る。

「片岸さんのせいじゃないですよ。私の仕事でもありました。それに三輪崎さんは補陀落山から戻ってから回復したんですよね？　だったら、東京で起こってる調査員の失踪とは関係ないはずでは」

「僕も確かなことは言えんけど、知られずの神が他の領怪神犯と同じように力を増しとったら、不可能とは言えんのと違うんかな」

「違いますよ」

平坦な声が響いた。

廊下の隅で、影に溶け込むように佇む、色素の薄い女性の姿があった。

「穐津さん……」

穐津は私たちへ歩み寄ると慇懃に礼をした。片岸さんが煙草を折る。

「お前……捜したぞ」

「申し訳ありません。急遽前職の引き継ぎがあってお休みをいただきました」

私は穐津の袖を引いて、三輪崎さんの前に押し出す。

「彼女が昨日お話しした、領怪神犯の記録に詳しい調査員です」

「ああ、どうも……さっき違うって言うてはったね」

「立ち聞きした上、割り込んで申し訳ありません。知られずの神は仰る通り、人間の記憶の抹消に関わる神です。それが全てではありませんが」

六原さんは鋭い目つきのまま彼女を見た。

「何故断言できる？」

「……知っているからです。これ以上は言えません」

穐津は言葉を区切り、顎を上げた。

「そして、知られずの神は補陀落山以外で権能を発揮することはありません。それは現時点でも変わっていません」

「ならば、何故……」

「火合う神が、知られずの神に似た権能を持っているためです」

私たち四人は言葉を失った。穐津は色素の薄い目で私を見る。

「宮木さん、だって、貴女が記憶を失ったのは補陀落山から戻ってからでしょう」

言葉が詰まって喉から出なかった。片岸さんが視線を泳がせる。

「確かに、お前は調査から戻った後もここで何か妙なことを言ってたよな」

思い出せない。それでも、不安より、片岸さんの顔に血の気が戻った安堵が勝った。

彼がこれ以上自分を責めることはあってはいけない。

三輪崎さんが煙草の灰を零す。

「でも、何で火合う神がそんなことになっとるんやろか」

雑誌の切り抜きと壁に残る煤の跡が線を結んだ。

「東京大空襲……」

「宮木？」

「あの記事で、火合う神は空襲の脅威から生み出されたものだと考察されていました。ひとの営みを全て焼き払った炎が、人間の記憶や存在を消し去る領怪神犯になったのでは」

穐津は目を伏せて頷いた。もし、そうだとしたら。墨田さんも、深川さんも、私も。

片岸さんが低く唸る。

「調査はここまで。一旦切間さんに伝えよう。俺たちに危険が及ぶとわかったらあのひとも断行しないだろ」

頭上を這い回る煙が、澱のように重く垂れ込める。

墨田さんに次いで、深川さんも消息を絶ったと知ったのは、翌日のことだった。

RYOU-KAI-SHIN-PAN

There are incomprehensible
gods in this world who cannot be called
good or evil.

序

私は神を見てきた。

生贄（いけにえ）を求めて鈴の音を真似る神がいた。死の瞬間を永遠に繰り返す悪夢を見せる人魚の神がいた。ひとの営みをただ見守る巨大な神がいた。ひとの営みを脅かすものと戦う蚕の神がいた。

三つの目に過去、現在、未来を映す猫の神がいた。海の底にある物を食い荒らし、空から恵みの物を降らす魚の神がいた。踊る死者の幻影を見せる神がいた。生贄にされた人間をいつまでも若く美しい状態で返す神がいた。

神に翻弄（ほんろう）されるひとびとを見た。

母を生き返らせるため息子と娘を焼き殺した人間を。神罰に怯（おび）えて村人を殺し尽くした人間を。誰にも顧みられない神のために一生をかけて社を築いた人間を。神に家族を奪われても思い出せない人間を。見えない神の姿を見てしまう人間を。神を利用しようとした人間を。彼らを止めるために自らを消し去った人間を。

ただ、見てきただけだ。

私には何もできなかった。

私は本と同じだ。求めて開く人間がいなければ自ら語ることはできない。書かれていることをどう使われようと止めることはできない。全てを知っていても、本そのものがそれを使う術などない。

本を焼くひとがいる。本を守るひとがいる。どちらにも善悪はない。神と同じだ。

本と同じであるならば私は何かを思うべきではなかった。

でも、本には書かれた意図がある。

あの夜、私は望まれた。全てを記録することを。そう誓い、特別調査課を作り上げた彼の意志が、私を動かしている。

彼が託された少女がいる。彼女が守ろうとしているひとびとがいる。

私は何もできない。ただ記録するだけだ。

それでも、私は彼らが本を開くよう祈り続ける。祈りは無意味ではないと知っているから。

一

調査の中止を請う前に、切間さんから招集がかかった。

火葬の炉を思わせる暗く狭い廊下を進み、最奥の部屋の扉を開く。私たちを出迎えたのは、切間さん、梅村さん、江里さん、そして、見知らぬ黒服の男女だった。

傍の片岸さんが頬を引き攣らせる。

「そちらの方々は……」

切間さんは冷然と答えた。

「神義省だ」

私たちは声もなく、影のように壁際にぐるりと立ち並ぶ彼らを見た。切間さんは暗く翳る部屋の中央で告げた。

「お前たちがこれ以上調査を続けられないことはわかった。ここからは神義省に全権を委任する」

「ちょっと待ってください。墨田と深川の安否は？」

「それも神義省が調べる」

黒服の波を割って、山高帽を被った老人が進み出た。私は声を漏らす。

「お祖父ちゃん……」

「公私を弁えなさい」

祖父は感情のない目で私を見下ろした。彼が私を見るときはいつもこの目だった。さざなみのようなざわめきが広がる。

祖父は杖に縋って背筋を伸ばした。

「君たち特別調査課が越権行為をしたと切間から報告が入っている。我々神義省の記録を無断で閲覧したとか」

六原さんが単調な声で返す。

「切間さん、記憶が正しければ、それは貴方が始めたことだったはずですが」

「言い逃れは聞かない。何故俺が調査員に規約違反をさせる?」

片岸さんが奥歯を噛んだ。

「野郎……」

切間さんは冷たい声で告げる。

「お前たちには無期限で謹慎を言い渡す。解雇でないだけ恩情だと思え。それと、穐津」

彼は最後列の穐津を睨んだ。

「会うのは初めてだな。お前は何者だ」

「……切間さんならご存知だと思います」

穐津が平坦な声で返す。それを合図に黒服の群れが私たちを部屋から押し出した。

「待ってください! まだ……」

私の言葉を遮るように扉が閉まった。先程までの喧騒が一瞬で掻き消される。

片岸さんは苦々しく俯き、六原さんは扉の向こうの人々を射殺すような視線を投げた。

穐津はただ立ち尽くしていた。

ぎぃ、と呻きに似た音を立て、扉が細く開く。隙間から影が滲み出すように、祖父が半身を覗かせた。

「お祖父ちゃん、いえ、宮木主任……」

祖父は私を見つめる。黄斑の浮いた目が卵白のように透けていた。祖父は杖を左手に持ち替え、懐を探ると、一枚の分厚い封筒を取り出した。

「お前が覚えていないことがここに詰まっている。但し、何も知らずに幸せにいたいなら見なくていい」

祖父はそう言い残すと、足を引き摺って私の横を擦り抜けた。私は渡されたものを握りしめる。紙しか入っていないはずの封筒が鉛のように重い。

祖父の足音と杖が床を突く音が遠のき、やがて消えた。

＊＊＊

狭い部屋から黒服の群れが去った後、切間は深く溜息を吐いた。

隣の梅村が小さく笑う。

「何だよ、自分が謹慎食らったみたいな面して」

切間は机上で組んだ指を解き、顔を覆った。

「これじゃ凌子さんたちのやったことと同じだ。権力使って、無理やり言うこと聞かせて、大事なことは何も教えなくて……まともな生き方からどんどん遠ざかってる」

背後の江里が窓の外を見下ろして呟く。

「自分がどう思われようと下の世代を守ったんだ。切間と同じだろ」

「……だったら、まだまともかな」

「俺は切間をまともだと思ったことはないがな」

「ひでぇ言われようだ」

少年のように笑った切間の肩を、梅村が叩く。

「でも、どうするんだよ。火合う神に関してまだ何も解決してないぜ。本当に神義省に任せる気かよ」

「ある村に行ってくる。悪神に対抗して退けてくれる神に心当たりがあるんだ。昔散々俺たちの都合で振り回しちまったから、また頼むのは気まずいけどな」

江里は視線を逸らして尋ねた。

「勝算はあるのか」

「どうだか、逆に俺が消されるかもな」

切間は椅子を引いて立ち上がった。

＊＊＊

家に着いた頃には、雨が降り出していた。

午前中に帰れるなんて何年振りだろう。空の濃紺がカーテンから染み出して、部屋がい。
憂鬱（ゆうう）つな色に染まっている。貴重な休みを有意義に使おうと思ってみたが、気分は晴れない。

切間さんが私たちに濡（ぬ）れ衣（ぎぬ）を着せて謹慎処分にした。きっと考えがあってのことだ。それでも、前のように信頼することができなくなっている。

分厚くて自立する白い封筒が墓標のようにテーブルに立っている。この中身を知らない方が幸せに生きられると祖父が言っていた。なら、何故渡したのだろう。

祖父はいつも大事なことはひとつも話してくれなかった。私と母を守るためなのか、何の期待もしていないからかはわからない。神義省に呼ばれたとき、やっと祖父に期待されているのだと思えた。それも錯覚だったのかもしれない。

焦げたような匂いはまだ部屋に染み付いていた。窓の外をドロドロと流れる雨水は、炎の気配を消してくれない。

封筒を開けるべきだろうか。こんなとき、相談できる相手がいない。

冷え切った床の上に蹲（うずくま）ったとき、黒電話が鳴り響いた。私は慌てて受話器を取る。

「宮木、今話せるか？」

片岸さんの声だった。

待ち合わせの喫茶店の前で、私は傘を広げて待つ。

一組のカップルが楽しそうに笑い合いながら、ドアを押した。店の灯（あか）りが路面に滲む。

ビニール傘の表面を伝う水滴に、小さく歪んだ無数の東京が映っては、新しい雨粒に掻き消された。

「悪い、遅くなった」

早足でやって来た片岸さんが軽く頭を下げて傘を閉じる。私服を見たのは初めてだなと思った。

喫茶店の照明は仄暗く、ラジオから流れるジャズが響いていた。

ステンドグラスのランプが影を落とす奥の座席に座り、注文を終えると、片岸さんは灰皿を引き寄せた。

「急に呼びつけて悪かったな。せっかく降って湧いた連休だってのに」

「助かります。家にいても考え込んでしまうだけでしたから」

彼は煙草を歯に挟んで笑い、すぐ表情を引き締めた。

「三輪崎さんから連絡があった。こちらが辿り着いた火合う神の情報を交換条件に、切間さんが隠していることを尋ねたそうだ。結果は、概ね俺たちの予想通りってとこだ」

「と、いうことは……」

私の言葉に、片岸さんが声を潜める。

「切間さん曰く、神義省は人類の記録を改竄する力を持つ神を封印しているらしい。俺はその言葉にふたつ嘘があると思ってる」

「ひとつは記録ではなく歴史そのもの、もうひとつは封印ではなく収容した上で利用している点ですね」

片岸さんは苦笑交じりに言った。

「気が合うな」

店員の女性がコーヒーをふたつ載せた盆を持って現れ、私たちは話を中断する。

青磁のマグカップからのぼる湯気が店内を霞ませた。カウンター席で野球帽を被った老人が、競馬新聞片手にマスターと話し込む声が、ジャズの音に混じって聞こえた。

片岸さんは煙草を挟んだ手で額を掻く。

「この前、梅村さんと組んで仕事をしたとき耳に挟んだ。俺たちの前身の対策本部は神の利用を目論んでいた。それが特別調査課になるとき、記録のみを目的にする組織に変わったらしい」

「方針を変えなければいけないほどの失敗があったのでしょうか」

「俺はそうだと踏んでる。話は変わるが……」

片岸さんはひどく言い辛そうに俯いた。

私は沈黙に耐えかねてコーヒーを啜る。苦みと酸味が口の中に張り付いた。上着のポケットに入れてきた封筒が、存在を主張するように脇腹を突いた。

いっそ中身を一緒に見てもらおうかと思ったとき、片岸さんが口を開いた。

「俺もよく覚えてないんだが、知られずの神の調査から帰ってから、資料にこれが紛れ込んでることに気づいた」

彼は一枚の写真を取り出し、机に滑らせる。

セピアカラーの写真には六人の男女が写っていた。スーツ姿の男女三人、軍服の男性、私服の老人。右端の白衣の男性は、目元が梅村さんに似ていた。

「裏に各々の名前が書いてある。見てくれ」

私は言われた通り、写真を裏返す。上田(うえだ)、梅村、三原(みはら)、都賀(つが)、冷泉。

「冷泉ってあのオカルト雑誌の……」

「その隣だ」

文字のインクは掠(かす)れていたが、しっかりと読み取れた。宮木。

「その男、知ってるか？」

記憶を堰(せ)き止めていたものが爆(は)ぜ、脳内の回路に電流が走った。

二

写真を持つ手が震える。

私は彼を知っている。まどろむ神に見せられた。

堅牢(けんろう)な竹の柵(さく)の向こうに広がる廃墟(はいきょ)で、血溜(ちだ)まりの中に倒れていた男性だ。浅黒い肌と体格の良い外見。幻覚の中では乱れていた前髪がオールバックに固めてあるが、間違いない。

いや、それよりもっと前から、私は彼を知っている。

「大丈夫か、宮木」

片岸さんの声で私は我に返った。「大丈夫です」と答える自分の声が、別人のように響いた。

「お前と同じ名字だから関係があるんじゃないかと思ったんだ」

「そう、ですね。知らないはずなのに、知っている気がします……彼は対策本部時代の調査員なんでしょうか」

片岸さんは気遣わしげに私を見ながらゆっくりと続ける。

「変なこと言うけど、この男、口元の辺りがお前に似てるよな」

心臓に杭が打ち込まれたように鼓動が重く響いた。写真を握る指に力が加わり、セピアカラーの表面にシワが寄る。私が手を離すと、写真は歪んだままテーブルに落ちた。

私は手についた埃をお手拭きで拭い、呼吸を整える。

「片岸さん、見てほしいものがあるんです」

「何だ？」

「祖父から渡されたものです。無理にとは言いません。私も何が入っているかわからないので……」

「見るよ」

片岸さんは私を落ち着かせるように穏やかな声で言う。私は封筒を取り出し、刀を鞘から抜くように中の資料を引き出した。

現れたのは拍子抜けするほど薄い、数枚のコピー用紙だった。折り畳まれた紙面を広げ、片岸さんにも見えるように置く。

最初の一枚は東京の地図だった。赤いペンで地名に矢印と走り書きがある。

〝庭取る神：荒川区・九十六年十二月二十一日〟、〝虚渡しの神：江戸川区・九十九年一月十五日〟、〝かかりの神：足立区・百二年六月二十三日〟。

「東京に領怪神犯が出現した記録か……？」

「今までの調査の暗数を考慮すれば、おそらく実際はもっと多いはずですね」

私は乾いた唇を舐める。最低でも三柱の神が確認されているのに、私たちは何も知らされていなかった。

次の頁は虫のような染みが点々とついた和紙のコピーだった。古書のようだ。判読できない筆文字の横にボールペンで注釈が入っている。

〝現神（現つ神？）対策本部に記録なし。特別調査課に要確認〟

私たちは無言で紙を捲った。

〝三原凌子、そこに在わす神の実用性について〟

「三原さん、対策本部の調査員ですね」

「写真の女が書いたレポートみたいだな」

朧げにわかるのは、扉型の領怪神犯について何度か実験を試みたが、何の成果も得られなかったということだけだ。

文面は暗号のような文字や不規則な数字の走り書きが連続して意図が取りにくい。羅列された被験者の名前にひとつ見覚えがあるものがあった。

〝切間蓮二郎出入りの後、僅かな記憶障害あり。現実の認識が不確か。神による影響か。〟

「切間さん……」

次の一文にはまた知らない名前がある。

〝烏有定人異常なし。そこに在わす神の特異性は一日一回のみ効果を発揮するのでは。〟

〝今までの被験者に起こった記憶障害を考慮し、そこに在わす神は記憶又は現実を改変する権能を持つと考える。要検証。〟


「これが神義省の持ってる神か……」

「何故、祖父は私にこれを教えようと思ったんでしょう」

私が封筒を握ると、奥に貼り付いていたもう一枚の紙が剥がれ落ちた。こちらは更に印刷が粗く、黄ばんでいた。

破れないよう注意深く皺を伸ばすと、中央に写真のコピーが貼られていた。

車の中から隠し撮りしたような狭い画角だ。東京の街と雑踏が写っている。焦点は、人混みの中のふたりに絞られていた。

左側は対策本部の写真に写っていた宮木という男性。私が知っているはずの、忘れた誰か。

右側にいるのは一目では何者かわからなかった。私の知る彼は、いつも前髪を上げ、表情も服装もきっちりとしていたからだ。洗いざらしのアロハシャツで寝癖も整えていない、痩せこけた青年とは結びつかなかった。

でも、紛うことなくこれは切間さんだ。随分古い写真だが全く変わっていない。

写真の下の文字に目が釘付けになった。

日焼けした長身の男性に紐付けされた〝切間蓮二郎〟の字。そして、私の知る切間さんの右側に〝烏有定人〟とある。

片岸さんが声を漏らした。

「どういうことだ。左の男は宮木で、右が切間さんだよな？　今とは随分雰囲気が違うけど……」

頭が熱い。記憶を焼き潰していた黒い焦げ跡が再び熱を持ったようだ。今の切間さんはあの男性に似ている。似せているのだ。

「宮木、大丈夫か。顔色が酷いぞ」

片岸さんが伸ばした手から煙草の匂いがした。幼い記憶の中で、同じ匂いのする手が私の頭を撫でたことがある。顔を上げると、長身の背が作る影にすっぽりと覆われたのを思い出す。彼の口角を微かに吊り上げる不器用な笑い方を覚えている。

「お父さん……」

「宮木！」

指先に錯覚ではない強烈な熱を感じて、私は弾かれたように紙を手放した。机に落ちた紙が一瞬で燃え上がる。片岸さんが咄嗟にグラスの水を被せる。燃え殻が燻りながら黒煙を上げて縮こまった。

店員の女性が駆けてくる。

「如何なさいましたか？」

答えられない私に代わって、片岸さんが手の平で燃え殻を覆い隠した。

「失礼、煙草の火を落としてしまっただけです」

女性は不安げにこちらを窺いながら去っていった。

蒼白な顔の片岸さんが私を見る。

「宮木、その手……」

私の指先は赤く膨れ、爪の先が熱で歪んでいた。熱と痛みはほとんど感じない。頭の中が混乱で埋め尽くされていた。

喉から引き攣った笑い声が独りでに漏れた。

「火合う神の仕業でしょうか……私が思い出そうとしたから……」

片岸さんはお手拭きに氷水を染み込ませ、私の指先に被せた。

「とにかく冷やせ」

「ありがとうございます……」

「……宮木、何を思い出した？」

私はお手拭きを握りしめる。火傷の痛みが遅れて訪れた。

「写真の中の彼、私の父だと思います」

「何だって？　生まれる前に失踪したんじゃなかったか」

「私もそう思っていました。でも、確かに覚えてるんです。何で今まで忘れてたんだろう……」

じくじくと痛みが増す。何故、切間さんは教えてくれなかったんだろう。

片岸さんは煙草を取り出そうとしてやめた。

「宮木って男が親父ってことは……切間さんは……いや、お前の親父が切間か？　駄目だな、混乱してきた」

苦笑の裏に隠した言葉はわかっている。彼が私の父親だったなら、今いる切間蓮二郎は何者なのか。切間さんは何故私の父と同じ名を名乗って、現在まで私を騙してきたのか。父は何故消えたのか。

「父は火合う神や知られずの神のような存在に消されたんでしょうか」

片岸さんは目を伏せる。神に消されたんじゃない、人間にだ、と言いたかったのだろう。私もわかっている。信じたくはなかった。

私は呼吸を整え、濡れたお手拭きを置いた。店の暖房が痛みを研ぎ澄ます。

「真実を確かめたいです。東京の領怪神犯のことも、父のことも、切間さんのことも」

「気持ちはわかる。でも、また今みたいなことが起こったら……」

「もう火合う神に目をつけられてるんですから、逃げられませんよ。大丈夫です。ついでに墨田さんや深川さんのことも捜してきます」

片岸さんは沈黙の後、意を決したように言った。

「俺も付き合う。もう全部忘れて蚊帳の外なのはごめんだ。実咲のこともわかるかもしれないしな」

座席からはまだ焦げた匂いが漂っていた。

三

喫茶店の奥で電話が鳴り響いた。店員の女性が受話器を取り、声を張り上げる。

「片岸様、いらっしゃいますか？」

私たちは身を強ばらせる。女性は店内を見渡して言った。

「三輪崎様からお電話です」

片岸さんはようやく表情を和らげた。

「ここに来るって伝えておいたんだ。ちょっと行ってくる」

彼が席を立つ。焦げついた匂いが濃くなった。私の周りを焼け死んだ亡霊が取り巻いているように、煙に混じって髪と肉が焦げる匂いが滲み出した。

永遠にも思える時間の後、片岸さんが戻ってきた。

「深川が失踪する直前にいた場所がわかったらしい。行けるか？」

私は強く頷き返した。


店を出ると、雨は止んでいた。しっとりとした空気が漂っているのに、私の周りだけ頬がひりつくほどやけに乾燥している。

白いバンが滑り込んで、目の前に停まった。運転席には三輪崎さんが、助手席には六原さんがいる。片岸さんが呻いた。

「休日に見たくない顔がいるな」

助手席の窓が下り、六原さんが小さく眉を動かす。

「職場で会ったら嬉しいのか？」

「聞こえてたのかよ……」

私たちは急かされるまま車に乗り込む。シートベルトを締めると同時に発車した。

窓についた水滴が剝がれ、滝の中から外の光景を見ているようだった。

私と片岸さんは喫茶店で話したことや見た資料について語る。前のふたりは静かに聞き終えてから、同時に溜息を吐いた。

「東京の領怪神犯に関しては納得がいった。故郷で神を見たときに感じたのと同じ違和感をここで度々覚えることがあったからな」

「切間さんに関しては……そないなことするひとには見えんけどな。宮木ちゃんを疑ってる訳やないけど」

「私も何か事情があるんだと思いたいです。できれば、会って話したいです」

六原さんは淡々と口を挟む。

「話したところで真実が聞けるかどうかはわからない。今接触するのはやめた方がいい。片岸、お前も気をつけろ」

「何で俺が出てくるんだよ」

「神隠しに遭った人間について思うところがあるのでは」

片岸さんは車窓に肘をついて目を逸らす。

人間を消し去る神がいるなら、彼の奥さんの実咲さんの失踪も関わりがあるかもしれない。やっと気持ちの整理がついただろうに、また蒸し返してしまった。

私のせいで巻き込んだら、ふたりが会う機会は二度とないかもしれない。それだけは絶対にあってはならない。

ワイパーが涙を拭うようにフロントガラスの水滴を払う。私は前を見つめた。

「今は何処に向かってるんです」

「市ヶ谷の大本営陸軍部地下壕や」

「第二次世界大戦時に本土決戦を想定して造られたという防空壕ですか」

「うん。二十年前、冷戦が激化して第三次世界大戦になりかねんかったって聞いたことあるやろ。ここだけの話、何かあったときのため皇居と地下壕を秘密で繋げたらしいわ」

「私たちが許可なく入れるんですか」

「普通は入られへんよ。けど、墨田さんと深川くんが隠し通路を見つけてはったらしい」

三輪崎さんはハンドルを回し、脇道に逸れる。左右を流れるビルの壁が濃緑の木々に変わり、都会の喧騒が吸い取られたような静寂が満ちた。

しばらく進むと連綿と続く砂色の壁が現れた。道端に倒れた灯籠が等間隔で並んでいる。六原さんが横目で窓を眺めた。

「かつては地下壕を隠すため、日本庭園に偽装して、通気孔の上に灯籠を置いたらしい。ポツダム宣言の受諾決断を伝えたのもこの場所だったとか」

「終戦の場所に新たな火種を埋めたとはな」

片岸さんが吐き捨てる。

砂色の壁に開いた丸穴の前で、車が停まった。

「ここや。見張りに誰かひとり残ってください」

片岸さんはシートベルトを外しながら言った。

「六原さん、あんたが残ってくれ」

「何故?」

「俺たち両方に何かあったら実咲のことはどうする?」

六原さんは微かに眉を動かし、首肯の代わりに目を伏せた。


車を降りると、熱い風が吹きつけた。周囲は無風だ。壁に開いた地下へ続く大きな丸穴から、高温の炉に顔を近づけたような空気が漏れ出ている。

不安げに私を見る片岸さんに大丈夫だと示すため、私は真っ先に足を踏み入れた。

暗い地下道に、水の滴る音と私たちの足音が反響する。

片岸さんがペンライトを点けると、暗闇が丸く切り取られ、薄汚れた灰色の壁が浮かび上がった。床には便器が固定されていた跡か、小さな穴が開いていた。

歩みに合わせてライトが揺れ、錆(さ)びた手すりや灯(あか)りの灯(とも)らない非常灯が映し出される。

湿気が満ちているはずなのに、先程から舌が乾いて肌がひりついていた。声を出そうとして、灰で喉(のど)の奥が詰まったように咽(む)せ返った。

「大丈夫か？」

「はい、埃(ほこり)っぽいですね……」

私は笑ってごまかす。埃というより、火葬場の灰の匂いに似ていた。骨を焼いたばかりの白い煤塵(ばいじん)が散っているようだ。

壁に黒い字で〝No Smoking〟と書かれていた。三輪崎さんが呟(つぶや)く。

「戦後すぐはGHQの占領下やったからな。そこかしこにアルファベットが書いてあるわ」

「日本に返還されたのはだいぶ後だったらしいですね」

「主権回復から七年後に急に返されたとか。何で心変わりしたんやろな」

丸い光が、壁の〝Danger〟の文字を映した。煤(すす)の匂いが強くなる。私たちは歩みを進めながら周囲を見渡す。片岸さんが壁を指した。

「あれは……」

ライトが照らしたのは無数の英単語だった。要注意、立ち入り禁止、正体不明。不穏な文字が並ぶ中に、一際大きく赤いマーカーで書かれている。〝FIRE〟、炎だ。

壁に気を取られていた私は何かにつまずいた。爪先が何かを蹴る。枯れ木を折ったような乾いた音が響いた。

「どうした？」

「いえ、何かが足元に……」

ペンライトが真下を照らす。私がさっき蹴ってしまったものがはっきりと見て取れた。私の悲鳴は声にならず、乾ききった喉に握り潰された。

駆け寄った片岸さんと三輪崎さんもくぐもった声を漏らす。

黒い塊が三つ、壁にもたれかかっていた。炭のように縮こまって乾き果てていたが、まだ人型を保っている。私が踏みつけた一体は膝から先がなく、折れた脚が傍に転がっていた。三つの焼死体だ。

「マジかよ……」

片岸さんの動揺を示すように光が揺れる。ふたつ並んだ死体の細部が見えた。一体は耳に熱で変形した三つのピアスが残っている。もう一体は焼けて白濁したループタイのカメオが胸に張りついていた。

「墨田さん、深川さん……」

混乱する頭にひとつ疑問が浮かぶ。もう一体は誰だ？

答えを出す前に、背後から眩い光が差し込んだ。それと同時に凄まじい熱気が膨れ上がる。

私たちの退路を、燃え盛る巨大な炎が塞いでいた。

三輪崎さんが鋭い声で叫ぶ。

「走れ！」

私たちは一斉に前方に駆け出した。背中に熱がジリジリとせまる。暗闇に充満する、肉の焦げた匂いと脂を纏った空気が息を詰まらせた。

ざっと黒い煤が舞い上がる。通り抜けた炎が墨田さんたちの死体を再び焼いたのだ。

怒りも哀しみも、酸欠でぼやけていく。私は全てを押し殺してひたすら走った。

炎の照り返しが先を照らした。目の前に堅牢な鉄の扉がある。

じり、と髪の焦げる匂いがした。火合う神が真後ろにいた。

「俺が開ける」

片岸さんが扉を押す。微かな隙間が開いたのと、目の端で炎が揺らいだのはほぼ同時だった。

身を焼く熱を感じる寸前、背中を強く突き飛ばされた。

三輪崎さんが押したとわかった瞬間、彼の背後から炎が覆いかぶさるのが見えた。

「三輪崎さん！」

扉が閉まる寸前、片岸さんが炎に包まれる三輪崎さんの腕を引く。眩い炎が鋼鉄の扉に遮られ、周囲が完全な闇に包まれた。

四

「三輪崎さん！」

私と片岸さんは上着を脱いで、彼に纏わりつく炎に被せる。火炎はしぶとく、何度払っても餓鬼のように追い縋ってくる。

やっと火が消えたときには、三輪崎さんの腕は暗闇でもわかるほど赤く爛れていた。

焦げたシャツから覗く背は血の赤と炭の黒が混じり、煙が上がっている。息はあるが、危ない状態だ。

片岸さんが注意深く彼を横たわらせた。熱で変形した眼鏡が落ち、レンズが割れる。

「早く病院連れて行かねえと……」

三輪崎さんが荒い息を吐いて言う。

「僕はええから、この先にあるもんを……」

「でも……」

「このまま帰ったら深川くんたちが死んだんも全部無駄や。ふたりだけやない。今までやられた、僕の先輩も後輩も、みんな……」

片岸さんは唇を嚙み、苦痛に耐えるように頷いた。

退路は塞がれた。三輪崎さんを助けるにしても、先に進まなければ道がない。

私と片岸さんは暗闇に踏み出した。

靴音がやけに反響する。この空間は相当広いようだ。

乾燥と熱気が支配していた道のりとは対照的に、ここには神聖な冷気が満ちている。

片岸さんがペンライトを振ると、黒い闇の中に仄かな赤が浮かび上がった。

「これは、鳥居か……？」

三メートル以上ある鳥居が茫洋と佇んでいる。二本の柱は太く、巨人の脚が天井から突き入れられたように見えた。鳥居の上部には錆びた鎖が巻かれている。

目と鼻を突くような強い腐臭がそこから漏れていた。

「宮木、気をつけろ」

「はい。急ぎましょう」

私たちは周囲を警戒しながら手探りで進む。鳥居を潜り抜けると、異界に迷い込んだような光景がそこにあった。

古い木製の木戸が佇んでいる。何処にも繋がっていない、ただの引き戸だ。

報告書にあった、そこに在わす神の名が頭を過ぎる。しかし、木戸は上半分が黒く焦げつき、半ば壊れかけている。火事にあった民家から引き剝がしてきたような有様だった。

その背後に、鳥居よりも更に巨大な何かが聳えている。脳が理解を拒んだ。

最初は灰色の仏像かと思った。

表皮は岩のようにひび割れ、いくつもの層になっていた。目を凝らすと、かろうじて人型を保っているそれの頭部に、黒い毛髪と錆びた金の髪飾りが垂れているのが見える。胸元にはくすんだ勾玉がかかっていた。

巨大な女の腐乱死体。

その腹部には、鮮血を湛えた裂傷があった。違う、縦に入った裂け目から、黄ばんだ歯が覗き、熱く臭気を纏った空気が噴き出している。口だ。

私たちは言葉を失った。片岸さんが声を震わせる。

「何だよ、あれ……ここにいるのは火合う神じゃなかったのか……」

「はい、あんな領怪神犯は聞いたことがありません……あの引き戸はそこに在わす神だと思いますが、焼き潰されて……」

女が頭を振った。金の髪飾りと錫が揺れ、禍々しく神々しい響きを奏でる。黒髪がザラザラと動き、灰色の面差しが垣間見えた。こんな神は聞いたこともないはずなのに、何故か覚えがあった。

女の腹に生えた口から舌が覗いた。舌先が蛇のように蠢き、空気を探る。

私たちが一歩後退ったとき、照明が灯り、地下空洞に白い光が広がった。

「お前ら、そこで何してる！」

頭上から鋭い声が降った。鳥居と巨大な女の後ろに設置された非常階段の踊り場に、切間さんと梅村さんがいた。片岸さんが奥歯を軋ませる。

「来やがったか……」

片岸さんの反応とは裏腹に、切間さんが身を乗り出して青ざめた。

「三輪崎……！ 梅村、救急車を呼べ。その前に応急処置だ」

梅村さんが非常階段を駆け降りてきた。彼が浅い呼吸を繰り返す三輪崎さんに歩み寄ろうとしたとき、片岸さんが道を塞いだ。梅村さんは呆れたようにかぶりを振る。

「死なせたくないだろ」

片岸さんは一瞬迷ってから身を引いた。

私は遥か上にいる切間さんを見上げる。

「いいか、お前ら。ここを動くなよ！」

怒鳴る彼の顔は蒼白で、ここからでもわかるほど冷や汗をかいていた。本心から三輪崎さんを心配しているんだろう。私が子どもの頃、体育の授業で骨折したと聞いて、駆けつけてくれたときも同じ顔をしていた。

まだ気持ちが揺らいでいる。父から奪い取った場所で、父の代わりをしていた彼は、どんな気持ちだったんだろう。

私は震えを堪えて声を張り上げた。

「ずっと騙してたんですか、烏有さん」

彼が殴られた少年のように目を見開く。いつも厳しく険しかった仮面が剝がれ、写真の中の烏有定人が現れた。

「何で……礼ちゃんが……」

彼の声を掻き消すように、背後で轟音と爆風が起こった。

鋼鉄の扉が凄まじい勢いで吹っ飛び、壁に突き刺さる。瞬く間に炎が膨れ上がった。

「宮木！」

片岸さんに腕を引かれて退いた私の目の前を、竜のような火が駆け抜ける。鮮烈な赤い光と炎熱が鼻先を焼いた。

梅村さんは三輪崎さんを抱えて壁側に避ける。業火が彼の真横を掠めて這い上がり、天井を舐め上げた。

「めちゃくちゃすぎるだろ……」

私たちの目の前で渦巻く炎が、徐々に輪郭を帯びていく。燃え盛る燭台の炎に、ひとの顔が浮かんだ。苦悶の雄叫びをあげているようにも、嗜虐の笑みを浮かべているようにも見える。

火合う神だ。扉を焼き溶かして追ってきたのだ。私たちを殺すために。

炎が揺らめき、触腕のように先端を伸ばす。梅村さんが叫んだ。

「切間！」

非常階段の上で、烏有定人はシャツの襟を握りしめた。頼む、と掠れた声が聞こえた。

炎が膨れ上がり、視界が赤一色に染まる。熱波で息が詰まり、脳が死を予感した。

そのとき、炎に糸のようなものが絡みついた。真っ白で艶のある絹の糸だった。絹糸は炎の勢いに負けてすぐに焼け焦げ、黒い塵になる。負けじと無数の糸が白波のように押し寄せた。

火合う神が憤怒の表情に変わる。炎は悶え苦しみながら、だんだんと絹糸に負け、搦め捕られていく。やがて炎の赤は白い繭に完全に包まれ、見えなくなった。

片岸さんは呆然と呟いた。

「領怪神犯か……？」

繭が弾けた。炎は跡形もなく消え去っている。焦げつく匂いと黒い煤だけが残されていた。

天井から影が差し、見上げると純白の羽が広がっていた。頭上に大きな蚕蛾が飛んでいる。

白く柔らかな毛はところどころが焦げていた。

蚕蛾は私たちを見守るように旋回してから、炎が破壊した扉の跡を抜け、飛び立っていった。

「ありがとうな、桑巣の神……俺の都合で呼んだのに、また助けてくれた……」

烏有定人は祈るように目を閉じた。

五

焦げついた地下壕を抜け、地上に出た頃には夜の帳が下りていた。

駆けつけた救急車が三輪崎さんを搬送し、神義省から派遣された黒服の群れが私たちと入れ替わりに地下壕に雪崩れ込み、祖父の派遣した車に乗せられる。烏有と梅村さんはいつの間にか姿を消していた。

全てが流れるように進み、私は身を任せるしかなかった。

車窓を過ぎる夜景は、オフィス街の清潔な光から、歓楽街の猥雑なネオンに切り替わり、やがて夜闇に滲んで消えた。


車が停まった場所は病院だった。

光の束を掻き集めたような病棟が煌々と輝いている。

病弱な母が昔、何度も入院していた場所だ。泊まり込みのときはいつも切間さん、いや、烏有が一緒にいてくれた。夜闇に沈む藍色の病室で、母の寝息を聞きながら見上げた横顔が浮かぶ。

病院の入り口から片岸さんと六原さんが現れた。

「三輪崎は重傷だが、命に別状はないそうだ」

短く告げる六原さんを片岸さんが睨む。

「あんたの見張りは何の役にも立たなかったな」

「俺は切間たちだから通したんだ。彼に言われた。『このままじゃ全員殺される。嫌なら俺たちを案内しろ』と」

「それで馬鹿正直に信じたのかよ」

「結果、助かっただろう」

片岸さんは呆れ交じりの溜息を吐く。

杖の先がアスファルトを打つ、冷たい響きが聞こえた。私たちが振り返ると、闇に紛れるように黒い帽子とコートを纏った祖父が立っていた。

私は姿勢を正す。祖父は片岸さんたちには目もくれず、真っ直ぐに私に歩み寄った。

「礼、地下壕であれを見たのか」

私は顎を引いて頷く。祖父は帽子を目深に被った。

「あちらに在わすのが我々が保護している神、領怪神犯を生み出す領怪神犯、国生みの神だ」

「領怪神犯を生み出す……？」

片岸さんたちが息を呑む音が聞こえた。

「国生みの神は古来日本を脅かす外敵から国を守るため、様々な叡智を持った神を生み出し、護国に努めてきた。彼女がいなければ冷戦が第三次世界大戦になり、日本は打撃を受けていただろう。神義省はこの国の中枢である彼女を守るために編まれた」

「国の中枢……」

私は祖父の言葉を繰り返した。火合う神が消えてから、私の脳裏を焼いた炎が鎮まり、冷たく確かな記憶が徐々に戻ってくるように感じた。火合う神は自らを生み出した国生みの神のために、真実に近づこうとする人間の記憶や、人間そのものを消してきたのだろう。私が神義省にいた時代の記憶を消したのは、知られずの神じゃない。火合う神だ。

私は神義省にいた頃、国生みの神を見たことがある。そのときの絶望感は、今日地下壕で感じた理不尽な恐怖とは違う。日常は、私が生まれる前から異常に塗り潰されていたのだと気づいた、諦観だった。この国はとっくに神の支配下だったのだ、と。

祖父が唾を飲む。皺が寄った首の喉仏が別の生き物のように蠢いた。

「だが、彼女を脅かす存在があった。そこに在わす神だ」

「地下にあった引き戸のような神、ですか」

「そう、人間の欲望のままに現実を改変する強力な領怪神犯だ。更に恐ろしいことに、あれは使用した人間を自らの支配下におく。この意味がわかるか」

「そこに在わす神を利用しているつもりで、神の意志のままに世界を作り替えるようになるということですか」

「聡い子だ。そこに在わす神の眷属となったのが、切間、いや、もう知っているだろう。烏有定人だ」

私は衝撃を押し殺し、拳を握りしめる。

「彼は……何をしようとしているんですか」

「私にもわからない。そこに在わす神に改変されたものの差異は確かめる術がない。私も騙されていたことに気づくのに時間がかかった。確かなのは、彼がお前の父を抹消し、居場所を乗っ取って、特別調査課を意のままにしたことだ」

沈鬱に語る祖父の顔は帽子の庇で表情が見えない。

「国生みの神は、そこに在わす神を消し去ることができる神の創造を試みた。何度も失敗し、ようやく生まれたのが火合う神だ。しかし、それは我々が思う以上に危ういものだった。お前まで危険に晒し、すまなかったと思っている」

骨張った硬い手が私の肩を掴む。祖父の肩越しに見える片岸さんは、疑心と不安の混じった顔をしていた。

「だが、元凶は烏有と梅村衛だ。彼らは火合う神の存在を知った途端、あろうことか自分に叛意を示す調査員の抹殺に利用しようとした。今日未明、江里潤一も自宅で大火傷を追い、緊急搬送された」

「そんな、江里さんまで！」

「幸い一命を取り留めたがしばらく動けまい。彼はお前の父と同郷だ。お前に真実を仄めかすことを恐れたのだろう」

江里さんがふと漏らした言葉を思い出す。切間はもういない。確かに彼はそう言っていた。

「他にも被害に遭った方はいるんですか」

「穐津だ」

「ちょっと待て、穐津が？　無事なのか？」

片岸さんが割り込んだ。祖父は冷たく一瞥し、すぐ私に向き直る。しばしの沈黙の間、重い唇が開かれた。

「地下壕に三体の焼死体があっただろう。先程検死が終わった。墨田桜、深川雪夫、穐津未可の三名で間違いないそうだ」

片岸さんがふらついて後退る。後ろに倒れかけた彼の背を、六原さんが支えた。

私は首を横に振った。

「嘘ですよね。そうでしょう、お祖父ちゃん」

「信じがたいのはわかる。お前と彼女の仲が良好だったのも知っている。だが、今すべきことは被害を食い止めることだ」

「被害って……」

「烏有と梅村が補陀落山に向かった。知られずの神を利用し、真実を知る者たちを消し去るつもりだろう。止めなければならない。お前も来るか」

私は深呼吸し、頷いた。片岸さんが身を乗り出す。

「我々も同行させてください」

祖父が怪訝な視線を向ける。六原さんは変わらず無表情で口を挟む。

「それが事実なら我々にも危険が及ぶ。同行する権利があるはずです」

「……いいだろう」

祖父は渋面で首肯を返し、声音を変えて言った。

「ところで、礼。神義省にいた頃のことは思い出したか」

背筋に微かな痺れが走った。私はそれを気取られないよう曖昧に答える。

「頭がぼんやりしていて、まだ少ししか……」

「そうか。お前があの頃に残した覚書について、何か手がかりがあると良いのだが」

彼はコートのポケットから罫線ノートの切れ端を取り出す。私の字で乱雑な走り書きが残されていた。


〝●●●神。元はこの世にひとの姿を持って随時現れる、霊験あらたかな神を指す語。〟


私は覚えていないと答える。祖父は僅かな落胆を滲ませたが、すぐに表情を打ち消した。

「思い出したら教えてくれ。急ですまないが、事態は深刻だ。すぐに車を手配する」

祖父は踵を返し、杖で地面をついて去っていった。

片岸さんが私に駆け寄る。

「今の話、本当だと思うか。烏有定人のことも、国生みの神のことも、穐津のことも…………」

「烏有定人の意図はわかりません。ですが、祖父の言っていたことも本当かどうか……私たちの味方はどちらでもないかもしれません」

冷えた春の夜風が私の肌を撫でた。祖父は私に期待などしていなかった。私の情報だけが目当てだと確信した。

国生みの神を見たときと同じ落胆がのしかかる。私が思い出したことは誰にも悟られてはいけない。

夜風に研がれた三日月が私を見下ろしていた。

国生みの神

RYOU-KAI-SHIN-PAN

There are incomprehensible
gods in this world who cannot be called
good or evil.

序

尋常ならずすぐれたる徳のありて、可畏き物を迦微とは云なり。

すぐれたるとは、尊きこと、善きこと、功しきことなどの、優れたるのみを云に非ず、悪きもの、奇しきものなども、よにすぐれて可畏きをば神と云なり。

本居宣長『古事記伝』より抜粋

一

車の窓に貼られた黒いスモークが、夜空を完全に塗り潰した。

私と片岸さんと六原さんは後部座席に詰め込まれ、タイヤが砂利を踏む振動を感じていた。

六原さんがいつの間にか手にしていたビニール袋をガサガサと漁り、おにぎりとペットボトルのお茶を取り出した。片岸さんが眉を顰める。

「いつ買ったんだよ。遠足じゃねえぞ」

「お前と宮木の分もあるから安心しろ」

「何をどう受け取ったらその答えになるんだよ」

「食べておけ。空腹だとまともな判断ができなくなる」

六原さんは声を低くした。

「ここからは誰を信用していいかわからない」

「……前からだろ」

片岸さんはぶっきらぼうに袋を受け取って、私に回した。

「ありがとうございます……」

ここに来る前、祖父から聞いた。二十年前、補陀落山で領怪神犯の研究をしていた調査員たちが殆ど全員姿を消したそうだ。今となっては総数も不明らしい。その中に私の父もいたはずだ。

惨劇があったか、それすらもなかったか。私たちはこれからその場所に行く。全ての清算になるかもしれない。冥界を下るような気持ちで口に運んだおにぎりは何の味もしなかった。

座席が小さく跳ね、車が停まった。

先に降りた運転手が後部座席のドアを開け、私たちを促す。

外はまだ夜闇の中だった。緑の樹海に遮られて星も月も見えない。森の中に砂色の三階建ての建造物が見えた。蔦に覆われた洋館だ。破れ窓にぶつかった風が啜り泣きのような音階を奏でる。かつて私たちが訪れたときも禍々しく思えた。夜だからか、それとも、ここであったことを知っているからだろうか。

黒服の面々が鉄柵の扉にかかった南京錠を難なく外す。片岸さんが視線を鋭くした。

「こいつらの管轄だったか」

私は促されるまま石段を上った。木々の根元に枯れ葉に埋もれたものが覗いている。スカイブルーのダウンジャケット。臙脂色のポシェット。黴で灰色に変色したオレンジのセーター。黒と白のギンガムチェックのスニーカー。失踪者たちの遺留物だと今ならわかる。

建物の背後に白い像の胴体が覗いていた。私は巨像を睨み上げた。

洋館の破れ窓から、風の音に混じって、潜めた声が漏れ出している。言い争っているような声だ。私たちは歩みを速めた。

山頂に辿り着き、分厚い木戸を前にする。六原さんが私たちを追い越して扉を押した。ステンドグラスが微かな灯りを反射し、視界を七色に染めた。ささくれた木の床とタイルの剝がれた天井が魚鱗のように輝く。

礼拝堂じみた空間で、私の祖父と神義省の面々、烏有定人と梅村さんが向かい合っていた。私たちの背後で扉が閉まり、外界から隔絶された静寂が広がった。

「礼ちゃん……」

　烏有が私に気づき、低く唸った。

「てめえの孫娘まで巻き込むのかよ」

　聞いたことのない言葉遣いと見たことのない表情だった。祖父は呆れたように首を振る。

「巻き込んだのは君だろう。礼、来なさい」

　私は慎重に足を進め、双方の間に立った。片岸さんが私に歩調を合わせ、隣に並ぶ。

　梅村さんが嘲るように笑う。

「人質かよ。二十年経ってもこの組織は変わりませんね、宮木さん」

「変わらぬべきだった。君たちがそれを捻じ曲げた。そこに在わす神を利用しているつもりで利用されたのだろう」

「神に利用されているのは貴方たちでしょう」

　祖父は冷徹な視線を返し、私に向き直った。

「二十年前ここで対策本部の内乱が起こった。烏有調査員と梅村調査員は領怪神犯を悪用するため、反対派を粛清し、組織を作り替えた」

「ふざけんなよ！」

　烏有が吠えた。

「神を使おうとしてたのはあいつらだ。だから、俺たちは……」

「彼らを消したのか？」

祖父の問いに烏有が唇を噛む。沈黙が肯定を示していた。

礼拝堂に響く風の音と木々のざわめきが、何故か車のエンジン音に聞こえた。

祖父は神託を受け取るように天井を仰いだ。

「君たちは何故またここを訪れた。我々を消し去るためだろう」

「……ああ、そうだよ」

烏有は鋭く言い放った。目の前が暗くなるような衝撃が走る。たたらを踏んだ私の肩を片岸さんが支えた。

烏有は苦しげな表情で続ける。

「あんたらは国生みの神の言いなりだ。放置してたら国を乗っ取られちまう。消えてもらうしかねえよ」

「命を軽く扱うものだな。神も殺人も恐れぬか」

「それはあんたらだろ！　国生みの神に火合う神を産ませて、不都合なことを調べる奴らを殺させた。そうだろ」

「何を言い出すかと思えば……」

「今更隠すなよ。俺はお前らが何をしてたのか摑むために、二十年間ずっと調べてきたんだ。その間に何人も消された。墨田と深川はあんたが殺したようなもんだ。江里と三輪崎だって危ねえ……」

「聞くな、礼。国生みの神はひとを害することは望まない。諸悪の根源は彼らだ。彼らの身を案じている素振りをしているが、お前の父と同郷の江里調査員を殺したのが何よりの証左だろう」

「江里を殺した？　あいつが死んだだって……？」

「あの火傷で助かるはずはない。先ほど息を引き取った」

「ふざけんなよ、んな訳あるか！」

言葉が反響するたび、心臓を針金で締め上げられるような痛みが走る。何を信じていいかわからない。神も、人間も、縋ることはできない。

そのとき、扉の向こうから騒ぐ声が聞こえた。

外を警備していた黒服と誰かが揉み合っている。礼拝堂に混乱が広がった。

「何だ……」

殴りつけるような音の後、辺りが鎮まり、重い扉が開け放たれた。

「誰が死んだって？」

細い月光の下に、包帯を巻いた江里さんが立っていた。

「江里！」

烏有が安堵の声を上げた。祖父と神義省の面々が目を剝く。

「何故お前が……」

「漁師崩れだからな。焼けるのは慣れてる」

自嘲の笑みを浮かべた江里さんの肌は赤く火脹れを起こし、包帯に血膿が滲んでいた。

彼は私に視線を向ける。

「宮木、奴らの話は出鱈目だ。もうわかってるだろ」

私は顎を引く。

祖父が喉仏を上下させた。

「江里調査員もそこに在わす神の影響を受けていたか。特別調査課の上層部が皆あれの支配下だったとは……」

「それは違いますよ」

機械のように平坦な声が響いた。

皆が息を呑む中、私は確信する。私が思い出した、唯一信じられるものがそこにあった。

江里さんの後ろに隠れていた人影が歩み出る。

月光に色素の薄い髪と肌を透かし、礼拝堂に踏み入ったのは稙津だった。

片岸さんが叫ぶ。

「お前、生きてたのか！　よかった……」

「ご心配をおかけしました」

稙津は慇懃に一礼した。

「待て。じゃあ、あの焼死体は誰だ」

「それは私です」

「何……？」

穐津は当惑する片岸さんを追い越して足を進め、私の祖父を見下ろした。

「殺したはずなのに、と思っているでしょう。残念、私はこの世に領怪神犯がいる限り死なないよ」

目を瞬かせる祖父とは対照的に、烏有は何かを悟ったように俯(うつむ)いた。

穐津は礼拝堂の中央で、教えを説く宣教師のように全員を見回した。

「今までの話は誤謬(ごびゅう)だらけ。まず、人間を支配しようとしているのは、国生みの神。あれは神への信仰が衰えた現代を憂い、もう一度神の時代に戻すために暗躍してきた。皆、気づかなかったでしょう。国の中枢があれに乗っ取られていたことに」

片岸さんが上ずった声で聞く。

「いつからだ……？」

「第二次世界大戦の直後です。天皇を神と同一視する時代が終焉(しゅうえん)を迎え、現人神(あらひとがみ)への信仰が消えた。そこに滑り込んだのがあれですよ」

「そんなに前から……」

「国生みの神は人間たちを徐々に洗脳し、危険な領怪神犯を増やし、異変に気づいたものを殺し続けた。自身がいる東京から離れた場所にも領怪神犯を生み出し、日本を支配下に置こうとした」

　穐津は言葉を紡ぎ続ける。

「それに対抗しようとした神が二柱いる。ひとつは、そこに在わす神。人間の願いによって世界を作り替え、国生みの神の影響を遠ざけようとした。結果、国生みの神はあれを壊すために躍起になった」

　祖父が掠れた声を上げた。

「もう一柱は礼の覚書にあった神か」

　私は答えない。代わりに穐津が頷いた。

「そう。でも、そこに在わす神と違って、その神には何もできなかった。力に関しては人間と変わりない」

　だから、その神は戦後廃れた信仰の名で呼ばれたのかもしれない。この世にひとの姿を持って随時現れる、霊験あらたかな神。

「その神を生み出したのは、君たち特別調査課だよ。記録することへの信仰が神を作った」

　祖父が目を吊り上げ、烏有がかつて彼女に向けたのと同じ言葉を発する。

「……お前は何者だ」

　穐津は微かに口角を上げた。笑い方が朧げな記憶の中の父に似ていた。

「全ての領怪神犯を記録するための領怪神犯。あきつ神」

二

そうだ。私は神義省にいた頃、領怪神犯の存在を知った。そして、祖父に導かれ、あの地下壕で国生みの神を見た。神に国が乗っ取られたなら、人間が抗う術はないと思い知った。

でも、同じ神ならどうだろう。国生みの神に対抗できる神がいるなら、まだ道はあるかもしれない。私は祖父たちに隠れて領怪神犯を調べ続けた。そこで、穐津に会った。接触してきたのは彼女の方からだった。穐津は私に「彼とよく似ている」と言った。父を知っていたのだろう。

私が神を調べすぎたことは祖父の耳にも入っていた。穐津は私が消される前に、左遷という形で特別調査課に逃すことを提案した。いつか合流できるときまで、お互い戦い続けようと約束したのに、私はそれも忘れていた。

「穐津さん、ごめんね……」

思わず漏れた言葉に穐津は小さく微笑んだ。壁際の六原さんが呟く。

「道理で、故郷の領怪神犯と同じものを感じた訳だ」

「私は生贄を求めません」

穐津は少し不機嫌そうに返す。

礼拝堂に広がる静寂が徐々にざわめきに変わった。神義省の人々が囁き出す。

「あれが領怪神犯……」

「戻って国生みの神の指示を仰ぐべきです」

「そこに在わす神と共に破壊しなければ」

黒服のひとりが懐から銃を抜いた。錆びた銃口が私と穐津の間を彷徨う。烏有が怒声を上げた。

「マジで変わんねえな、てめえらは！」

祖父は銃を握る男性を制した。

「やめなさい。神に銃が効くものか」

まだ祖父は冷静だ。安堵しかけたとき、凍りつくような冷たい声が放たれた。

「神を殺すには神を使わなければ」

礼拝堂が振動した。ステンドグラスが砕け、ガラスの破片が月光を乱反射して散る。高い天井から塵が降り注ぎ、一瞬で白煙が満ちた。

「宮木！」

片岸さんの声が轟音に掻き消される。目の前にいるはずなのに姿が見えない。煙の中、穐津が壮絶な表情で何かを睨んでいることだけはわかった。

振動が止まり、靄が徐々に晴れていく。私たちはお互いを庇い合いながら壁際に張り付いていた。

「何が起こったんだ……」

片岸さんが息を呑む。礼拝堂の中央に何かがいた。

黒い靄を纏った骸骨のようなものが、砕け散ったステンドグラスを踏み締めて佇んでいる。眼窩の空洞に青い炎が灯っていた。強烈な腐臭と黴の匂いが漂っている。

死体を寄せ集めたような瘴気の塊がそこにいた。

神義省の人々は悍ましいものに相対しながら、熱に浮かされたように呟いた。

「国生みの神が我々の許に遣いをくださった……」

皆、暗闇を湛えた目で骸骨を仰いでいる。彼らはとっくに正気を失っていた。

髑髏が骨を鳴らして一歩踏み出す。眼窩の炎が青く燃えた。

骸骨に歩み寄ろうとした黒服たちが途中で足を止める。

「あれ……？」

彼らの鼻から黒い血が一筋流れ落ちた。肌に紫斑が浮かび上がり、火脹れを起こしたように膨らみ出す。

彼らは当惑気味に骸骨に手を伸ばした。その手が水風船の如く膨らみ、弾けた。血肉がベシャリと飛び散る。

最初に叫び声を上げたのは、梅村さんだった。

「何でだよ、消えたんじゃなかったのかよ……！」

「梅村、しっかりしろよ！」

烏有が彼の肩を揺さぶる。梅村さんは震える手で烏有に縋った。

「あれ、俺がそこに在わす神に消せって願った……親父が死んだ病気と同じ症状なんだよ……」

「何だって？」

穐津が苦々しく骸骨を睨めつける。

「病や怪我、ひとが怯える穢れをもたらす領怪神犯、まがつ神だ。自分たちの信者まで殺すなんて」

黒い風がどっと吹き渡る。神義省の皆が次々と倒れていく。災禍の中心で、祖父は神の奇跡を目撃したような恍惚の表情を浮かべていた。

片岸さんが私の腕を引く。

「宮木、逃げるぞ！」

声を掻き消すように銃声が響いた。床に倒れ伏した黒服の男が血に塗れながら銃を構えている。

「くそ、こいつら……」

震える銃口が片岸さんを指す。動かなければいけないのに身体が微動だにしない。男の指先が引鉄にかかった。

火花が黒い靄を裂く。闇に赤が舞い散った。

片岸さんの前に飛び出した六原さんの肩から、どす黒い血が流れ落ちていた。

「六原さん、あんた……！」

片岸さんが倒れる六原さんを抱き止める。

私は咄嗟に銃を握る男の腕を踏みつけた。ぐしゃりと骨と肉が同時に潰れる感触が響く。

黒服たちが私たちを取り囲む。私は転げた銃を拾い、彼らに向けた。銃の重みで腕が震える。私が何とかしなきゃ駄目だ。

「礼ちゃん！」

烏有の声が響いた。黒服たちの注意がそちらに向く。江里さんが隙をついて駆け出し、辺りに散らばる長椅子を持ち上げた。投擲された長椅子が黒服たちを押し潰す。

残骸を退けられた床の一部に四角い扉が覗いていた。

私は声を張り上げる。

「地下に隠し部屋があります、急いで！」

片岸さんが六原さんを抱えて駆け出した。

まがつ神の目が再び輝く。黒い煙が地を這うように広がり、霞む中で火花が閃いた。

そこら中で銃声と悲鳴が響き合う。

私は脇目も振らずに走り、隠し扉に縋った。錆びた扉は重くて開かない。穐津が私に手を重ね、取手を引いた。黴の匂いが噴き出し、扉が開いた。

「ありがとうございます」

「これくらいしかできないから」

私は片岸さんと江里さんに先を促し、階段へと誘導する。まがつ神の黒い靄の先に、烏有と梅村さんが見えた。彼らを呼ぶべきか。

烏有と一瞬目が合い、すぐに逸らされた。梅村さんが急かすように彼の背を叩く。ふたりが出口へと進むのを確かめて、私は隠し扉を閉めた。

一段と濃い闇に辺りが包まれる。階段を踏み外したら底のない奈落まで落ちていきそうだ。浅い呼吸が籠った空気をさらに澱ませた。

一歩ずつ階段を下る私の後ろで穐津が呟いた。

「これじゃ本当に二十年前と同じだ……」

爪先が床を突いた。私は手探りでスイッチを押す。虫の羽音に似た響きと共に地下室が照らされた。無数の地図と写真が壁にひしめいている。全て領怪神犯の記録だ。呆気に取られている暇はない。

片岸さんが慎重に六原さんを下ろした。六原さんの白い顔は更に青ざめ、血の赤がより鮮明だった。傷が深い。

片岸さんはシャツの袖を千切って、六原さんの肩に空いた穴に押し込め、上から縛って止血した。

「早く病院に連れて行かねえと……何考えてんだよ、六原さん！」

六原さんは答えず、ぐったりと壁にもたれた。脂汗が顎を伝い、溶けた蠟のように流れ落ちた。

こんなところで隠れている暇はないのに、逃げ道がない。まがつ神と私の祖父たちを切り抜ける術が思い浮かばない。逃げられたとしても、その後どうする？　国生みの神に目をつけられた私たちが、この国で逃げる場所などあるのだろうか。

何度も嚙み締めたはずの言葉が実体を持って蘇る。神々は人間の手には負えない。

「烏有の言ってたことと同じだな……」

江里さんがへたり込み、肩を上下させる。彼も重傷だ。

「もう喋らないでください。火傷が……」

私の制止を振り払い、彼は憔悴しきった目で私を見上げた。

「いや、今話さなきゃ駄目だ。俺がこのまま死んだら伝えられない。と言っても、俺も又聞きだが。詳しいことは穐津が補完するだろ……」

江里さんは大きく息を吐く。包帯から血が滲み、埋み火のように赤を帯びた。彼は口を開く。

「二十年前ここで対策本部が何をしていたか。お前の父親と烏有に何があったのか」

三

江里さんは古紙が張り巡らされた壁を指す。

「昔、ここに多数の領怪神犯が収容されていた。対策本部は記録ではなく、積極的な神の利用を目的としてたらしい……」

冷えた刃が心臓の横に差し込まれたような気がした。

「父も、そうだったんですか？」

「まさか。あの朴念仁がそんな器用なこと考えるかよ……」

一瞬安堵し、すぐに別の不安が過ぎる。体制派ではなかった人間の末路は想像に難くない。

「反対派も僅かにいた。ひとりはお前の父親の切間。もうひとりは強制的に対策本部に入れられて、切間とバディを組んでた烏有だ。お前と片岸みたいな関係だな」

私は横目で片岸さんを見る。彼は無言で先を促した。

「推進派と反対派はここで神の利用を巡って衝突した。結果は血みどろの内部争い。更に、収容していた神々が暴走して、手当たり次第に調査員を殺しまくった。今と同じ状況だ……切間は流れ弾に当たって、瀕死の重傷を負ったらしい」

「じゃあ、父はもう……！」

江里さんは答えようとして火傷の痛みに呻く。言葉の代わりに喘ぐような息が漏れた。

「違うよ、彼は死んでない。鳥有さんが生かしたから」

稚津が代わりに言った。

「彼は切間さんや他の調査員を知られずの神に消させたんだ。そうすれば、命は奪われずに神の許に行けるから。切間さんがそうしろと言ったの」

「そんなの、あんまりじゃないですか……」

「鳥有さんは、切間さんの代わりに貴女と貴女のお母さんを託された。彼はそれを守り続けたんだ。いつか切間さんたちを取り返せる日を願って、ずっと」

江里さんが肩を押さえながら言った。

「切間も鳥有も本物の馬鹿だが、お前らを騙そうとしたことは一度もない。それだけは確かだ」

喉の奥に言葉が詰まる。私は何も知らなかった。父は私たちを捨てたんじゃない。鳥有は私を騙して、父の居場所を奪い取ったんじゃない。ふたりとも自分を押し殺して、誰からも顧みられなくても、他人のために戦い続けた。それはまるで人間というより、守り神のような在り方だ。

稚津は私の考えを見透かしたように頷く。

「彼らの願いで私は生まれたんだ。神に縋れない彼らに応えたかった。私は何もできないけれど、ひとつだけ勝算があったから」

「勝算って……？」

「知られずの神だよ。本来、誰にも気づかれないあの神に信仰が集まることはなかった。でも、特別調査課が調査を続ければ、それはひとつの畏怖の形になる」

穐津は色素の薄い目を見開いた。

「私は知られずの神を使って、国生みの神を消したかったんだ」

私たちは呆然と彼女の言葉を聞いていた。片岸さんが唇を震わせる。

「できるのか？」

「わかりません。この二十年で知られずの神の力は格段に向上しました。でも、国生みの神に勝てるかどうか……その前に、まがつ神を何とかしなければ」

穐津は俯いた。全員やれるとは思っていない。でも、やるしかないとわかっている。

片岸さんが手を挙げた。

「俺が知られずの神のところに行って、まがつ神を消してもらってくる。そうすれば、お前らは自由に動けるだろ」

私は思わず彼の袖を摑んだ。

「やめてください。行ったら願いを叶えてもらう前に消されるかもしれませんよ」

「それはお前も同じだぜ。誰かしら行かねえと」

六原さんが力なく首を振った。

「……俺が行く。死に損ないが行った方が無駄がない」

「馬鹿言え、その傷でどうやって山を登るんだよ」

片岸さんは歯を見せた。

「それに、話を聞く限り、知られずの神は完全に何かを消せる訳じゃなさそうだ。現に俺たちも実咲のことを覚えてる」

「それでも、他に手段はないだろう……」

「そこに在わす神だ」

私は息を呑む。地下壕で焼け焦げていた、壊れかけの引き戸の神。人間を守るために世界を作り替え続けた領怪神犯。

「壊れかけてたがまだ一回くらいは使えるだろ。奴は人間の味方らしい。あれに領怪神犯のいない世界を願うんだ。宮木、頼めるか？」

「……片岸さんはそれでいいんですか。知られずの神は奥さんを、実咲さんを消した神かもしれないんですよ」

「しょうがねえよ。神に善悪はねえ。願われた通りに動くだけだ。悪気があって消したんじゃなさそうだしな」

片岸さんはそれから、少し照れたように笑う。

「勘違いするなよ。俺はお前の親父たちみたいな高尚な人間じゃない。ここに来て思い出したんだ。実咲に『またな』って言っちまった」

「じゃあ、行かなきゃ怒られちゃいますね。離婚の危機なら止められません」

私は努めて能天気な笑顔を作った。上手くいったかはわからなかった。

微かな息遣いが地下室の空気を熱く澱ませた。無数の神々の記録が貼られた壁は古びて、ひび割れた皮膚のようになっている。

昔、領怪神犯はゲームのバグのようだと思ったことがある。積み重なった神と人間の間違いを正すときが来た。

私と片岸さんは視線を交わす。

「六原さんと江里さんはここに隠れていてもらう。俺たちだけで行くぞ」

「わかってます」

「それから、穐津……あきつ神か。一緒に来てもらえるか」

穐津は神聖さの欠片もない、ぎこちない首肯を返した。

「研修生なので、先輩についていきます」

「神を部下にしちまうとはな」

片岸さんは肩を竦める。呑気な会話も虚勢だとわかっていた。私たちの武器はそれしかない。

私たちは六原さんと江里さんを壁際に座らせ、闇に沈む階段を上り出した。

隠し扉を押し上げた瞬間、切断されたばかりの鉄のような鮮烈な血の匂いが押し寄せた。

礼拝堂は地獄絵図だった。膨れ上がった人間たちの欠片が、泡立つ血の海に浮かんでいる。両手足を失くした男の胴体や、長椅子に乗った生首、ステンドグラスに腕をかける上半身だけの死体が視界に映る。気が遠くなるのを必死で堪えた。

地獄の中央に、私の祖父が座っていた。血を吸い上げたコートの裾を広げ、神託を受けるように天井を仰いでいる。黒い靄に包まれた骸骨は厳然と佇んでいた。

背後の片岸さんが押し殺した声で聞く。

「突破できそうか？」

「まだ祖父とまがつ神がいます。あれを切り抜けないと……」

最後尾の亀津が鋭く言った。

「私が行く。ふたりは隙を見て脱出して」

「でも……」

髑髏が震え、こちらを向く。青い炎の残像が闇に二条の尾を引いた。勘付かれた。そう思ったとき、突風のようなものが扉を破って駆け込み、まがつ神の視線を遮った。

礼拝堂に咆哮が轟いた。

二本の角を持った巨大な牛がそこにいた。顔は皺の刻まれた老人のようだった。

牛は蹄を鳴らし、まがつ神に突進する。双剣のような角が振り下ろされるより早く、髑髏の眼窩が煌めいた。牛の全身が青い炎に包まれる。私の祖父は歓喜の表情を浮かべた。

破れた扉から烏有と梅村さんが姿を現す。

「件の神！」

烏有に応えるように、牛が再び咆哮を上げた。件の神と呼ばれたそれは、身を焼かれて尚、骸骨に立ち向かおうとしていた。燃え盛る蒼炎が礼拝堂を染め上げる。

穐津が私の背を押した。

「今だ、行って」

私は意を決して礼拝堂に飛び出す。足音で片岸さんと穐津がついてくるのを確かめた。件の神は身を焦がしながら、まがつ神を角で一歩ずつ押しやっていた。

今のうちに脱出するしかない。まがつ神が歯を鳴らす音が響いた。青い炎が天井を駆け、降り注ぐ。

「礼ちゃん！」

扉の前の烏有がこちらに駆け出した。彼は躊躇いの後、手を差し出した。私は右手を伸ばす。

指先が触れる寸前、一発の銃声が鼓膜を揺らした。

四

虚空から放たれた弾丸が、烏有の白シャツの腹を穿ち、真っ赤な鮮血が飛び散った。

全てが停滞して見えた。

　倒れる烏有の姿に、まどろむ神に見せられた光景が重なる。ここと同じ礼拝堂で、腹から血を流しながら倒れる父の姿が。

「烏有さん！」

　私は彼を抱き止める。体重と体温が全身にのしかかった。生温かい血が滲み出す。銃弾はどこから放たれた？　祖父は座り込んだまま動いていない。他に生きている者はいない。まがつ神の眼窩の炎が歪む。笑っているのだとわかった。

　あいつだ。

「宮木！」

　片岸さんが駆け寄り、烏有の腕を自分の肩に回す。穐津がもう片方の腕を取り、ふたりで彼を抱え上げた。烏有が掠れた声を漏らす。唇の端から溢れた血が玉の緒を引いた。

「礼ちゃん、お前の祖父さんが……」

　私は振り向いた。祖父は目と口元を歪めて、まがつ神と同じ笑みを浮かべている。あの神は祖父の祈りで動いているんだ。

　祖父は譫言のように呟いた。

「礼、神に身を任せなさい」

「お祖父ちゃん、こんなものを信じてどうしたいの！」

「国生みの神に約束されたんだ。いつか京子を返してくれると」

京子、私が生まれる前に死んだ祖母の名前だ。自分の妻を生き返らせるために、こんなことをしていたのか。怒りが燃え燻るのを感じた。

足元に一丁の銃が落ちていた。

片岸さんと穐津が、烏有を引き摺りながら進んでいく。梅村さんが扉の前で私たちを呼んでいる。全身を焼かれた件の神が蠢いている。

私は銃を拾い、祖父に突き付けた。

「まがつ神を止めてください。私たちの邪魔をするなら撃ちます。お祖母ちゃんに会う前に死にたくないでしょう」

「礼……」

「神は万能じゃない。今から証明してあげます」

祖父が虚な視線を返した。祖父の願いを、馬鹿げている、とは言えなかった。神に縋って信じられないことをする人間をたくさん見てきた。祖父も善でも悪でもない、ただの弱い人間だ。

私たちは礼拝堂を抜ける。外に出た途端、絡みついていた血の匂いが春の夜風に洗い流された。

片岸さんたちが石段の上に烏有を下ろす。梅村さんが青ざめた。

「お前、その傷……馬鹿かよ！」

「今更気づいたのかよ。遅えな」

　烏有は悪童のように笑い、腹を押さえて呻いた。

「ここにいたら思い出しちまった。まさか神から銃が出るなんてな……」

　今ならわかる。あのとき、血の海の礼拝堂で、父を助けようとしていた青年が烏有だ。まがつ神はひとが忌み嫌う死の穢れを体現する神だ。烏有が私の父を襲った凶弾を恐れていたから、まがつ神が銃弾を生み出したんだ。

　梅村さんは烏有の腹を探り、沈鬱にかぶりを振る。

「今から下山して病院に連れて行っても間に合うか……」

　片岸さんは返り血を拭った。

「六原さんと江里さんもまずい状態です。何とかしないと」

「何とかって言ったって……」

「俺が知られずの神に願って、まがつ神を消すつもりです。後のことは宮木と穐津がそこに在わす神に託す。それまで保ちますか」

「そんな作戦立ててたのかよ……正直言って、保たないな」

　穐津が私を見つめているのがわかった。やるべきことは知っている。結局また同じ轍を踏むんだろう。

　私は頷いた。

「今怪我をしているひとは皆、知られずの神に消してもらいましょう」

「宮木？」

片岸さんが目を見張る。

「死ぬ前に連れて行ってもらえば命は助かる。そうですよね、烏有さん」

烏有は身を震わせ、観念したように頷いた。

私は彼の前に屈み、視線を合わせた。

「何も知らなくてごめんなさい。父のことも、私たちをずっと助けてくれていたことも、ありがとうございます」

彼の瞳に映った月光が、波立つ湖のように揺れた。

「悪い、もっと上手くやれたはずなのにな。俺は馬鹿だから。結局、切間さんも連れ戻せなかった」

「私が代わりにやりますよ。勿論、烏有さんも取り戻しますから」

烏有は目を閉じる。きっと同じように約束をしたんだろう。叶わないかもしれないとわかっていても、祈るのが人間だ。

梅村さんが溜息を吐いた。

「烏有たちを消すのは僕がやらなきゃな」

「梅村さん……」

「欲張っていくつも願ったんじゃ叶えてもらえないだろうし。片岸くんは神を消す、僕は人間を消す。これでいいだろ？」

彼は夜風が撫でる石段を見下ろした。

「二十年前、俺はあそこの下で蹲(うずくま)ってるだけだったんだ。気づいた頃には全部終わってた。やり直すいい機会だよ」

梅村さんと片岸さんは踵(きびす)を返し、山頂を見上げた。粗雑に彫り抜かれた白い像が佇(たたず)んでいる。

「じゃあ、行こうか。宮木ちゃん、僕の嫁さんと娘たちのいる世界のこと、頼んだぜ」

片岸さんは踏み出した足を止め、私に向き直った。

「宮木」

「はい」

「またな」

彼は歯を見せて笑う。私は祈るように頷いた。

「絶対ですよ！」

ふたりは礼拝堂を横切り、緑の霧が烟(けぶ)るような山頂に向かって歩き出す。その背が闇に呑まれ、見えなくなりかけたとき、一際強い風が吹いた。

柔らかい初春の風が視界を霞(かす)め、目の前に蓮華(れんげ)畑が広がった。私は目を疑う。

花の中に小柄な女のひとが立っていた。目の下の泣き黒子(ぼくろ)が六原さんに似ていた。

「またなって言っただろ」

「……馬鹿」

片岸さんの言葉に、女性は呆れたように微笑んだ。穏やかで幸せそうな、愛情に満ちた笑顔だった。

風が吹き、蓮華畑が消える。

片岸さんと梅村さんも消えていた。辺りには静謐な夜の森が広がっていた。

烏有さんはまだ石段に座っていた。写真の中の父のように固めていた前髪が額に下り、幼さの残る青年のような面差しが際立った。

「まだちょっと時間があんのかな……」

彼は震える手で懐を探ったが、腕は力なく垂れ下がった。穐津が歩み寄り、彼の胸ポケットから何かを取り出す。

外国のタールの重い煙草と、ビジネスホテルで配っているような紙の台紙のマッチだった。

穐津は煙草を取り出して彼に咥えさせ、マッチを擦る。

「悪い、俺これで火つけんの苦手なんだよな。無駄にしちまいそうで中々吸えなかった……」

烏有は煙草を深く吸い、血を吐いて噎せた。彼は苦しげに呻きながら、確かめるように煙草を口に運び、小さく笑った。

「全然まともに生きられた気がしねえんだけど、最後が切間さんと同じなら、少しはまともに生きられたのかなあ……」

落ちた煙草が石段に跳ねた。烏有の姿はない。

甘い香りの紫煙が、夜空に昇って風に靡いた。

＊＊＊

柔らかな昼下がりの光で満ちた、長閑な山道が広がっていた。

俺は自分の腹を探る。傷はない。痛みも消えている。

「煙草、吸い始めたばっかりだったのに……勿体ねえ」

真っ先にこんなことを考えるなんて、やっぱり俺は馬鹿のままだった。二十年経っても何も変わらない。

俺は辺りを見回した。並木の向こうから桃色の蓮華畑が覗いていた。梢に泥のついた農具と洗いざらしの麻の着物が掛かっていた。大昔の農村みたいだ。

俺はもう痛くもない足を引き摺りながら山道を登り出した。

この先に遥か昔に消された俺の先祖たちがいる。

冷泉もきっといる。梅村の奴が先に行ったから、今頃顔を合わせているかもしれない。あいつは歳をとって、今じゃ妻子もある。昔告白した女に会ってどんな気持ちか想像すると笑えた。

あの夜、俺たちが消した対策本部の連中もいる。凌子もいるんだろうか。あの女が呑気に田舎暮らしをしているところが浮かばない。自分が消して来た冷泉たちに会って、一体どんな状況になったんだろう。凌子と出くわすことを考えると、梅村を笑っている場合じゃなくなった。

　茂みが途切れた。ちょうど礼拝堂があった山の中腹だ。和やかな日差しが差し込む方に踏み出したとき、目の前に影が差した。

　俺は息を呑む。久しぶりに実物を見てみると、毎日鏡の前で真似をしていた俺とはやっぱり似ても似つかない。

　二十年間忘れたことがない姿だ。

「切間さん……」

　今まで自分を操っていた糸が切れたみたいに、俺はその場に座り込んだ。ずっと押し留めていたものが堰を切って流れ出す。喉からもつれた言葉の塊が溢れた。

「ごめん、俺、全然まともに生きられなかったよ、切間さん。結局礼ちゃんも巻き込んで、あんたも取り返せなかった。礼ちゃんは俺よりずっとしっかりしてて、俺がやれなかったことの後始末を全部押しつけちまった。本当にごめんな……あんたの名前をもらったのに……」

　切間は俺のふくらはぎを軽く蹴った。この痛みも二十年ぶりだ。

　切間の指が俺のシャツの胸ポケットに伸びる。煙草とマッチが地面に落ちた。切間は最後の一本を抜き出して火をつけた。紫煙が顔にかかる。

「切間さん……？」

「吸うのは久しぶりだ。ここに煙草屋はないからな」

「そっか……」

「お前が来るまで大変だったぞ。初めの頃、冷泉と凌子さんがどうだったか聞きたいか？」

「聞きたくねえ……」

「で、何だその恰好は」

俺は答えられない。切間は浅黒い顔に呆れたような表情を浮かべた。硬く熱い手が俺の肩をしっかりと摑む。

「ここに来た特別調査課の連中から大体の話は聞いてる。まともな生き方とは言えないが、よく頑張ったな。烏有」

僅かに口角を上げるような、不器用な笑い方だった。見るのは二十年ぶりだ。俺が声を上げて泣いたのも、あの夜以来だった。

五

全てが夢のように消え去った。

私は燻る煙草の火が光を失うまで見つめ続けていた。

烏有は昔、ここで対策本部の人々を消し去り、ひとりで戦おうと決めた。片岸さんは必ず戻ると約束して行った。白い神の彫像は人々の誓いを黙して見守ってきた。

私もまだやるべきことがある。

私と穐津は目だけで合図し、再び石段を上った。

恐る恐る礼拝堂の破れた扉に手をかける。木戸は音を立てて傾いた。

斜めに切り取られた闇の中に、座り込む祖父が見えた。まがつ神はいない。片岸さんがやり遂げたのだ。

祖父は私に見向きもせず、血の海の中に見えない神の姿が映っているかのように俯いていた。

穐津が励ますように私の肩に触れる。私はその手に自分の手を重ねて礼拝堂を後にした。

鬱蒼とした木々から陽光が差し込む。空の頂点にはまだ夜の色が残っていたが、裾野は薄紫に変わっていた。薄雲が波の花のように寄せては消えた。

人間たちに何が起ころうと変わらない、泣きたくなるほど清廉な夜明けだ。

私と穐津は一段ずつ階段を下る。鉄柵の前に車が一台、樹海を映して停まっていた。

江里さんのものだ。キーを差したままだった。もしかしたら、自分が戻れないことを察していたのかもしれない。

私は唇を噛む。

「東京に戻りましょう」

「うん。でも、問題がひとつ」

身構えた私に、稚津は真剣な顔で眉を下げた。

「免許を持ってない。戸籍がないから」

「神ですもんね」

私は苦笑してドアを引いた。

江里さんの車の中は煙草と畳のような匂いが微かにした。

吸殻が散らばるダッシュボードに古い写真がある。海を背にして立つ三人の少年だった。中央の小柄な少年だけは笑っていて、他のふたりは硬い表情だった。僅かな面影でわかる。右は江里さん、左は私の父だ。

「宮木さん、どうしたの？」

「何でもありません」

私は落ちた灰で汚れないように写真をどかし、ハンドルを握った。

車は木の根や道路の溝にぶつかって大きく跳ねながら、山道を下った。錆びたポストや、木造のコインランドリー、廃線の駅が見えるフェンスと、枯渇した足湯。

いつか片岸さんと見た光景が次々と流れた。時が止まったような山道で、空の色だけが忙しなく変わっていく。

私はアクセルを踏みながら隣の稚津に言った。

「皆を取り返すことはできるでしょうか」

「そこに在わす神なら頑張ってくれると思う」

「……でも、亡くなった調査員の方は戻らないですよね。ひとの死を変えることはできないんでしょう？」

「それも、できるかもしれない」

穐津は正面を見つめて言った。

「そこに在わす神は一瞬で世界を変えると思われているけど、本当は丸一日かけているんだ。だから、実際には一日分のズレが生じる。それが積み重なって今、五年近くの誤差になっているんだよ」

「じゃあ……」

「それを全てなかったことにできれば取り返せると思う」

私は答える代わりにハンドルを強く握った。朝日がフロントガラスを染め、穐津の色素の薄い肌や髪が透けて見える。毛先に絡んだ光の粒を見て、初めて彼女が神なのだと実感を持った気がした。


補陀落山が遠ざかり、徐々に街並みが都会染みていく。

覚えのあるバスロータリーが見えてきた。私の家の近くだ。

すずらん型の街灯が等間隔で並ぶ道路を進むと、ドラッグストアと書店がある。駅前には違法駐輪の自転車の群れが、日差しを受けて燦然(さんぜん)と輝いていた。

学生服の少年たちが鞄をリュックのように背負って駆けていく。もう春休みだ。数週間後には緑の幌が垂れた書店で教科書を買うのだろう。

神に支配された国で何も変わらず日常を続けるひとびとがいる。

穐津が唐突に呟いた。

「平和だね」

「そうですね」

「ムカつくって思ったことある？」

私は驚いて彼女を見返す。

「自分たちが世界を必死で守ってるのに、何も知らずに安穏と生きてるひとを見て」

「……神義省にいたときはそう思ったこともありますよ。穐津さんが言った通り、幸せでいるためには無知な方がいい。私たちにはもうそれができませんでしたから」

私は苦笑した。

「でも、特別調査課のひとたちを見て変わりました。彼らも本当は平和に幸せでいるべきだった」

「そっか」

「今そこら中を歩いている何も知らないひとたちは、本来片岸さんや烏有さんたちがそうあるべきだった姿です。特別調査課の皆の幸せを願うなら、彼らの幸せも願わなきゃいけない。上手く言えませんけど……」

「世界を構成するのは個人だからね。それでいいんだよ」

「今の言い方、神様っぽいです」

亀津は小さく笑った。


車窓を流れるビルが林に変わり、砂色の壁に変わる。私は地下壕へ続く壁穴の前で車を停めた。その入り口は開かれたままだ。

私たちは車を降り、暗い地下壕へ踏み出す。これで全て終わりだ。

地下道に炎の気配はない。ただ霊安室のような冷たい闇が横たわっているだけだ。数々の神話の冥界下りもこんな様相だったのだろうか。

最奥までの扉は破壊され、残骸が乱杭歯の生えた口のように開いていた。踏み出しかけた爪先に何かぶつかる。拾い上げてみると、黒い煤で汚れたペンライトだった。片岸さんの忘れ物だ。調査に赴いた先で何度も暗闇を照らしてくれた。

「宮木さん？」

唐突に泣きたくなったのを堪えて、私はペンライトをポケットにしまう。血塗れ泥まみれのスーツの袖で目頭を拭った。

「何でもありません。行きましょう」

私たちは一歩ずつ確かめながら進む。

闇に巨大な鳥居が浮かび上がった。二本の赤い柱の真下に、焼け爛れたそこに在わす神が佇（たたず）んでいる。

　暗がりに慣れた目が、その背後にあるものも見た。禍々（まがまが）しく錆びた金の装飾を頭上に戴（いただ）く、腐乱した灰色の女神。生傷のように開いた腹部の口は、喘（あえ）ぎながら舌先で虚空を探っていた。

「国生みの神がまた新しい神を生み出すかもしれない。急いで」

「はい。終わらせましょう」

「宮木さん、領怪神犯のいない世界を願って。できるかわからないけど、そこに在わす神なら手伝ってくれるはず」

「……穐津さんも消えてしまうんですか」

「そうかも」

　私は穐津を盗み見る。彼女は神聖な静けさで佇んでいた。

「本当はもうちょっと一緒に、いろいろしたかったです」

「ずっと一緒にいたよ。私は特別調査課の皆の祈りで生まれたんだ。宮木さんのお父さんや烏有さん、貴女（あなた）を大事に思っていたひとたちの記憶は、全部私の中にある」

「それは、何だか恥ずかしいですね」

「全部知ってるよ。つぶあんのたい焼きとラーメンが好きなことも」

「知らなくていいですよ！」

　私は苦笑いを作る。

稙津に促され、私は前に進み出た。目の前の引き戸は、炎の爪痕が痛々しいが、蝶番はまだ残っている。あと一度は使えそうだ。

私は炭化した戸に手をかけ、稙津に向き直った。

「稙津さん」

「何？」

ありがとうと言おうとしてやめた。言うべきことは他にある。

「また会いましょう」

あきつ神は目を見開いた。神聖なヴェールが剝がれ落ちた。彼女は目を伏せて頷く。叶わないと思いつつ祈る、人間のようだった。

私は踵を返し、戸を引いた。


藺草の匂いと炭の匂いが鼻を突いた。パンプスの底が焦げて硬くなった畳を踏む。

大火の後、かろうじて焼け残ったような和室が広がっていた。

障子はほとんど煤になり、黒ずんだ木枠だけが残っている。壁も天井も炎が舐め上げたように惨憺たる状況だった。

堂の奥で、所々焦げた白布を被った人影が座り込んでいる。影が質量を持ったように真っ黒な巨人だ。

煤まみれの矛を杖の代わりに縋り、人影がゆっくりと進み出る。

私は靴を脱ぎ、影の方に向かった。

そこに在わす神が私を見下ろした。

布の中は宇宙が広がっているような途方もない闇だった。不思議と怖くはなかった。

私は神の前に膝をつく。

「今までずっと人間の味方でいてくれてありがとうございました」

そこに在わす神は身を傾けた。瑣末な生き物の声を聞き取ろうとしているようにも、くたびれて項垂れたようにも見えた。

全ての神を消したら、私たちを守ってくれた神々も消えてしまう。彼らは稚津と同じように覚悟を決めているのかもしれない。

でも、私はそれでいいと思えなかった。ひとも、神も、報われるべきだ。

私は口を開く。本当はこんな曖昧な願いに全てを託すべきじゃないとわかっている。神の真意は計り知れない。解釈の余地がある言葉は思わぬ結果を生んでしまう。

それでもいいと思った。私は信じたい。

「ひとも、神も、世界を守ろうと戦った全ての存在が報われるようにしてください」

そこに在わす神は矛を振り上げた。壮絶な音と風圧が押し寄せる。

引き戸が開く音がした。

神、空にしろしめす

RYOU-KAI-SHIN-PAN

There are incomprehensible
gods in this world who cannot be called
good or evil.

上

薄桃色の桜が刷られた襖戸が開いた。

私は呆然と立ち尽くす。

樟脳の匂いがする廊下。朱塗りの玉暖簾。壁の日めくりカレンダー。ここは私が一人暮らしを始める前、母とふたりで住んでいた生家だ。

私は真新しいスーツを着て、裸足だった。夢を見ているのかと思った。自分の手を見下ろす。指先に火傷の跡はない。血と泥の汚れもない。

辺りを見回す。紛れもなく記憶の中の実家の廊下だが、覚えのないものがいくつかある。

私の名前が記された、大学院の弁論大会の表彰状。青磁の花瓶。紺色の男性用のスリッパ。

私は廊下を駆けた。玉暖簾の向こうには居間と台所があるはずだ。朱塗りの玉に肩を打たれながら、私は居間に飛び込む。

「礼？」

息が跳ね上がった。居間のテーブルに新聞を広げて、父が座っていた。

「お父さん……」

「まだ急ぐような時間じゃないだろ」

父は肩にかけたネクタイをワイシャツの胸に下ろし、私を見る。褐色の肌と固めた前髪。写真の中と変わらない姿だ。

私はその場にへたり込むのを必死で堪える。

「お父さん……大丈夫なの？」

父は困ったように眉を下げ、新聞を置いた。

「ああ、何ともない。検査も異常なしだった。流石に警察に復職するまで時間はかかるけどな」

テーブルに広がった記事の見出しが目に入る。『神隠しの全貌は未だ闇の中』。私はインクの字を一文字ずつ追った。

一ヶ月前、補陀落山で大量の遭難者が保護された。

全員ここ二十年間で失踪届が出された者たちだった。彼らは皆、失踪時と変わらない姿で発見され、自身が消息を絶っている間の記憶はないそうだ。

警察は補陀落山に拠点を置いていた新興宗教との関連性を鑑みて、捜査を続けているものの、難航している。

新聞を握る手が震え、薄紙に皺が寄った。全てが戻った。そこに在わす神が返してくれたんだ。

父は僅かに口角を上げて笑う。

「俺の検査が終わったら、今度は母さんが入院とはな。見舞いに行ってくるが、お前も卒業式の打ち上げが早く終わったら来るか？」

胸の奥から湧き上がる気持ちが言葉にならない。私は何度も頷く。

父は居間のテレビに視線をやった。

「東京駅で事故発生、全線遅延か。まずいな」

テレビはブラウン管が入っているとは思えないほど薄く、映像も鮮明だった。画面の中の東京駅は真新しい煉瓦造りだった。

「卒業式は午後一時からだろ。送っていく」

父は淡々と腰を上げた。真っ新なワイシャツの背がひどく懐かしい。縁側の方から微かな声が聞こえた。父が顎をしゃくる。

「義父さんにも声をかけていけよ」

私は息を呑んだ。この家に祖父がいるのだ。神に取り憑かれ、私たちに災厄を差し向けた祖父が。私は凍りつくような気持ちで足を進め、障子を押し開いた。

祖父は見違えるようだった。ひりつくような冷たさは欠片もない。黒い外套と帽子ではなく、洗いざらしのネルシャツを纏って安楽椅子に座り、髭も剃っていなかった。

膝の上には以前の祖父なら絶対に買わない、安価な旅行雑誌が載っている。

祖父は私を見留めて首を動かした。

「もう行くのか」

どこにでもいる老人が孫娘に向ける穏やかな表情だった。

「うん……旅行の雑誌を見てたの？」

「ああ、お前、卒業旅行に行くんだろう。場所は決めたのか？」

「まだ……」

「海外か？　国内もいいところが沢山あるぞ」

彼は旅行雑誌を裏返し、私に写真を見せた。

「草津（くさつ）はいいぞ。京子と新婚旅行で行ったんだ」

「お祖母（ばあ）ちゃんと？」

私の喉（のど）から独りでに言葉が出た。

「……お祖母ちゃんを生き返らせたいって思う？」

祖父は目を丸くした。聞かない方がよかったと思った矢先、彼は首を横に振った。

「生き返らせるも何も、もうすぐ私が会いに行く番だ」

泣きたくなるほど柔らかな声だった。

「まだ長生きしてよ」

「逝くのはお前の嫁入りを見てからだな」

祖父とこんな会話をしたことは一度もなかった。私は春の麗（うらら）かな日差しを浴びる祖父を残して、障子を閉めた。

買った覚えのない鞄(かばん)を肩にかけながら、私はテーブルに広げたままの新聞を見た。

廷天(ていてん)元年三月二十一日。知らない元号だ。全てが元に戻った訳じゃないと悟った。

父が呼んでいる。

私は慌てて居間を出た。

下

私は懐かしい実家を出て、父の車に乗り込む。助手席には母の入院先に持って行く荷物が積まれていた。

私は後部座席に座る。運転する父の横顔を見たのはいつ以来だろう。あの頃は補助席に座って見上げていたのに、今はずっと距離が近い。

「忘れ物はないか？」

「うん……お父さん」

「何だ？」

私は二十年分の思いを込めて吐き出す。

「おかえり」

「今から行くんだぞ」

父は呆れたように笑った。僅かに開いた窓から吹き込む春風が頬を撫でた。

感傷を感じる間もなく、東京の街が流れていく。記憶の中と変わらない通りもあれば、見たこともない店やビルのある通りもあった。行き交う人々の顔は変わらない。

父はハンドルを切りながら言った。

「江里からお前の卒業祝いが届いてた」

「江里さんが？」

「金だけ寄越して手紙ひとつもなし。あいつらしいな。俺がいない間お前の面倒を見てくれたから文句も言えないが……」

車窓を雑踏が過ぎ去る。私は黒い頭の波の中に見知った顔を探した。見つかるはずはないとわかっていても、ここに片岸さんたちが紛れていないかと思ってしまう。

信号が赤に変わり、父がブレーキを踏む。緩やかな反動で、ポケットの中の何かが転がったのがわかった。私はスーツの懐に手を差し込む。ボールペンより少し太く固いものがある。取り出してみた。

「礼、どうした？」

「何でもない」

私は思わずそれを握りしめた。煤で黒く汚れたペンライトだった。

信号が青に変わる瞬間、運転席の窓がこつりと叩かれた。父は怪訝な顔で外を見る。

ガラスを覆うように立つ、痩せた胴体が映り込んでいた。

周りの車が動き出し、クラクションが鳴り響く。父は外の人物を手で追い払い、車を路肩に寄せると、窓を半分押し下げた。

上ずった青年の声が入り込んだ。

「あのさ、ええっと……」

「何か？」

父は眉間に皺を寄せる。私には聞かせたことがない、ドスの利いた低い声だった。

青年はしばらく黙り込んでから言った。

「あんたの車、変な音がしてたんだよな。たぶんファンベルトが緩んでる。このままじゃ事故になるぜ」

「何？」

「俺が直すよ。自動車屋でバイトしてんだ。ちょうど道具があるから」

青年は運転席に突き込むように道具箱を見せ、車の後ろに駆けていった。後部座席の窓から青年の頭が上下するのが見える。父は困惑気味に後ろを見遣った。

「詐欺じゃねえだろうな」

「きっと善意だと思うよ」

私は笑いを嚙み殺した。

しばらくして青年が息を切らしながら戻ってきた。

「これで直った」

父は疑いの色を消して、財布を探る。

「すまない、助かった。少ないが……」

「金なんていいよ。困ったときはお互い様だろ。電車が停まっちまって暇だったからさ」

青年はそう言いながら窓の外から動こうとしなかった。父は運転席から身を乗り出す。

「せめて、行き先まで送って行く。いいよな、礼？」

「勿論（もちろん）」

青年は肩を揺らして迷った後、小さく頷いた。

私は座席を詰めて彼が座る場所を空けた。青年が扉を開けて滑り込む。車が動き出し、中が静かな走行音で満たされた。

青年は道具箱を抱え、何かを待つように忙（せわ）しなく足を動かしていた。春先だというのに薄いアロハシャツ一枚で、スニーカーは汚れ、髪も乱れている。

私は父に聞こえないよう、潜めた声で言った。

「本当はそんな感じなんですね、烏有さん」

烏有定人は鳩が豆鉄砲を食らったように驚きを見せた。そして、少年じみた笑顔を浮かべた。

「覚えてたのかよ……」

父がラジオを流す。途切れ途切れの音声がゆっくりと広がった。私は烏有に身を寄せる。

「烏有さんも覚えているんですね」

「まあな。俺は昔からひとと違って変なものが見えるから。それとも、そこに在わす神に近づきすぎたせいかもな」

「他の皆さんは？」

「まだ全然見つけきれてねえよ。あれから血眼で捜したけど、前みてえな権力持ってねえしな。難しいや」

「そうですか……」

「そうだ、三輪崎は生きてるぜ。この前役所に行ったら、児童課であいつを見かけた。そういう仕事したがってたからな」

「似合いそうですね」

私は笑って頷く。

「それから、オカルト雑誌で冷泉の記事を見かけた。でも、出版社に行っても会わせてもらえねえだろうな。どっかの心霊スポットで待ち伏せしてりゃ出くわすかもな」

重荷を下ろしたような表情で語る烏有は、私よりも年下に見えた。

「梅村は大学の医学部で准教授をやってた。しかも、凌子さん……礼ちゃんは知らねえか。神よりも怖え女がいて、そいつと同じ大学で働いてんだよ。あいつ、記憶が戻ったらひっくり返るかもな」

　烏有は歯を見せて笑った。

「バイトだよ。俺、戸籍ねえからさ。あんまりいい仕事はねえんだけど真面目に働いてる。まともに生きようと思ってさ」

　彼は東京の街に別のものを幻視するように目を細めた。

　ふと、ビルの隙間に奇妙なものが見えた。いつもならそこに赤く聳える東京タワーがあるはずだった。

　今、林立する白い巨塔の間に、緑色の入道雲のような大樹が鎮座している。

「何あれ……」

　ラジオからざらついたノイズが流れ出した。父はボリュームを上げる。

「やっぱり〝ししどおり〟か。電車の復旧まで時間がかかりそうだな」

「ししどおり？」

　父が車を路肩に寄せる。他の車も次々と傍に避け、何かが通るのを待つが如く道を空けた。

　そのとき、車が波に揉まれるように振動した。砂塵が窓外を霞ませる。

　私は目を見張った。車道の中央に砂色の煙が満ちる。荘厳な響きが四方から鳴り出した。

烟(けぶ)る通りを、得体の知れないものが過(よ)ぎる。

先頭は顔を白布で覆った、黒い法衣の人影だった。鈍色(にびいろ)の錫杖(しゃくじょう)や、炎を湛(たた)えた燭台(しょくだい)を手に進んでいる。

その後ろに、巨大な山車(だし)のようなものが続く。

高さは左右のビルをゆうに超していた。赤や紫など五色の打ち掛けを重ねた布の塊は、頂上に烏帽子(えぼし)と金の角を生やしていた。

異形の神の行列が、都会の大通りを歩み続ける。

唖然(あぜん)とする私の隣で、烏有は乾いた唇を舌で舐(な)めた。

「まだ何も終わってねえってことだろ」

砂塵が消え去った。謎の行列は影も形もない。父は当たり前のようにエンジンを吹かし、再び発車した。周囲の車も淡々と合流し、一方向に向かって走り出す。

私はビルの隙間から覗(のぞ)く大樹を見つめた。まだ世界には人智の及ばない何かがある。

車は何事もなかったように東京駅に辿(たど)り着いた。煉瓦(れんが)造りの駅舎は春の陽に燦然(さんぜん)と輝いている。

烏有は礼を言って降車した。後に続こうとした私を、父が呼び止めた。

「彼と一緒に行くのか?」

「うん。見送りありがとう」

「そうじゃなく、まあ、悪い奴じゃないだろうが……」

歯切れの悪い言葉に、吹き出しそうになった。

「大丈夫、いいひとだって知ってるから」

「顔見知りか？」

私は答えを濁してドアを開けた。

改札付近はひとでごった返している。仄暗い駅舎の天蓋の下に澱んだ生暖かい空気が立ち込めていた。

私は人混みに呑まれながら烏有の後を追う。

「どこに向かってるんですか？　電車は停まってるみたいですよ」

「ひとと会う約束してたんだよ。ひとじゃねえか」

スーツの肩を掻き分けると、改札の傍に誰もいない空間があった。人々は聖域を避けるようにそこだけ近寄らない。

その中央に細い影があった。運転見合わせを告げる電光掲示板の光が透ける、色素の薄い佇まい。今さっき会ったばかりのようで、遥か昔に見たような気もする。

「穐津さん……」

「私たちを、神を消さなかったんだね」

「また会いましょうって言ったじゃないですか」

あきつ神は喜びと嘆きをない混ぜにしたような顔をした。

「宮木さんは何を願ったの？」

「ひとも、神も、世界を守ろうと戦った全ての存在が報われるように、です」

「……それは願いというより祈りだね。神は信仰によって永らえる。だから、そこに在わす神は壊れずに済んだのか」

「あの神様も無事なんですか」

「しばらくは世界を作り替えるような力は戻らないだろうけど」

彼女は肩を竦めた。

「宮木さんはこれでよかったの？」

「ええ、充分です。それに、全ての神を消すなんてどこかで矛盾が生じると思いますから」

「そうだね。神を消す願いを叶えるのもまた神なら、前提が曖昧になる」

私は首肯を返し、電光掲示板を見上げた。「ししどおりにより停電」の文字が流れる。

「国生みの神がいなくても領怪神犯は生まれ続けるんですね」

「彼女が神を生み出す存在だとして、彼女はどうやって生まれたのか。結局何もわからなかった」

烏有が私たちの隣に並んだ。

「人間がいる限り神も居続けるんだろ」

「私もそう思います」

「でも、特別調査課はもうないぜ。誰が調べて対処するんだよ。このままじゃ危なくねえか」

稙津は平坦な声で言った。

「作り替えられた今の世界にも君たちのような機関があるかもしれない。なければ作るつもり」

「じゃあ、俺も入れてくれよ。稼ぎ口がねえんだ」

「私も手伝いますよ」

ひとの姿の神は静かに頷いた。

自動改札が開き、ホームの奥からたくさんのひとが吐き出された。私たちは壁際に避けた。

人波が流れる。こだまする声の中に、懐かしい響きがあった。

「実咲、やっぱり俺も行かなきゃ駄目か？」

「もう、今更そんなこと言って。兄さんに会いたくないだけでしょう」

「俺があのひと苦手なの知ってるだろ」

「兄さんはそうじゃないみたいだけど」

「縁起でもねえ」

私の目が釘付けになる。人混みの中でふたりの姿だけが切り取ったように浮き出て見えた。どこにでもいる、幸せそうな若い夫婦の後ろ姿だ。

ふたりは少し進み、女性の方が足を止める。

「あれ、定期入れがない。代護からもらったの。落としちゃったのかな」

「鞄につけてたはずだよな。一旦ホームに戻るか」

色とりどりの靴が過ぎる地面に、赤いリコリスの花が刺繍された定期入れが落ちていた。私は咄嗟に飛び出し、踏まれる前に拾い上げる。

「すみません！」

夫婦が振り返った。私は驚くふたりに歩み寄り、定期入れを手渡す。

「これ落としませんでしたか？」

女性は目の下の黒子が消えるほど明るく微笑んだ。

「ありがとうございます。大事なものなんです」

「わざわざすみません」

彼女の夫が頭を下げた。他人行儀な仕草に、僅かに胸が痛んだが、ふたりの笑顔を見てそれも消えた。

全てが報われた気がした。私はこれを守りたかったんだ。

「それから、これも返しますね」

私はポケットからペンライトを取り出し、汚れを拭って差し出した。指先がぶつかった瞬間、彼は静電気が走ったように手を震わせた。

「何処かで……？」

片岸さんが私を見つめる。

電気が復旧したのか、薄暗かった駅舎に光が戻った。吹き抜けのガラスを透かして空の青が降り注ぐ。

世界はすっかり変わってしまった。なべて世は事もなしとはとても言えない。でも、今この瞬間、変わらないものがここにあった。

願わくは、これからも変わらないでほしいと思う。私は祈る。聞き届けてくれる神は、天よりもっと近くにいると知っているから。

本書はＷｅｂ小説サイト「カクヨム」にて掲載された「領怪神犯」間章～第三部を加筆修正の上、文庫化したものです。

この物語はフィクションであり、実在の人物・地名・団体等とは一切関係ありません。

領怪神犯(りょうかいしんぱん)3

木古(きふる)おうみ

令和6年 4月25日　初版発行

発行者●山下直久

発行●株式会社KADOKAWA
〒102-8177　東京都千代田区富士見2-13-3
電話　0570-002-301（ナビダイヤル）

角川文庫 24142

印刷所●株式会社暁印刷
製本所●本間製本株式会社

表紙画●和田三造

ISBN 978-4-04-114835-8　C0193

◇◇◇

角川文庫発刊に際して

角川源義

第二次世界大戦の敗北は、軍事力の敗北であった以上に、私たちの若い文化力の敗退であった。私たちの文化が戦争に対して如何に無力であり、単なるあだ花に過ぎなかったかを、私たちは身を以て体験し痛感した。西洋近代文化の摂取にとって、明治以後八十年の歳月は決して短かすぎたとは言えない。にもかかわらず、近代文化の伝統を確立し、自由な批判と柔軟な良識に富む文化層として自らを形成することに私たちは失敗して来た。そしてこれは、各層への文化の普及滲透を任務とする出版人の責任でもあった。

一九四五年以来、私たちは再び振出しに戻り、第一歩から踏み出すことを余儀なくされた。これは大きな不幸ではあるが、反面、これまでの混沌・未熟・歪曲の中にあった我が国の文化に秩序と確たる基礎を齎らすためには絶好の機会でもある。角川書店は、このような祖国の文化的危機にあたり、微力をも顧みず再建の礎石たるべき抱負と決意とをもって出発したが、ここに創立以来の念願を果すべく角川文庫を発刊する。これまで刊行されたあらゆる全集叢書文庫類の長所と短所とを検討し、古今東西の不朽の典籍を、良心的編集のもとに、廉価に、そして書架にふさわしい美本として、多くのひとびとに提供しようとする。しかし私たちは徒らに百科全書的な知識のジレッタントを作ることを目的とせず、あくまで祖国の文化に秩序と再建への道を示し、この文庫を角川書店の栄ある事業として、今後永久に継続発展せしめ、学芸と教養との殿堂として大成せんことを期したい。多くの読書子の愛情ある忠言と支持とによって、この希望と抱負とを完遂せしめられんことを願う。

一九四九年五月三日

ISBN 978-4-04-113799-4